U0505371

Annie Ernaux

Se perdre
Annie Ernaux

迷失

著

[法] 安妮 · 埃尔诺

译

袁筱一

上海人民出版社

作者简介：

安妮·埃尔诺出生于法国利勒博纳，在诺曼底的伊沃托度过青年时代。持有现代文学国家教师资格证，曾在安纳西、蓬图瓦兹和国家远程教育中心教书。她住在瓦兹谷地区的塞尔吉。2022 年获诺贝尔文学奖。

译者简介：

袁筱一，华东师范大学思勉人文高等研究院院长、法语文学教授、翻译家。代表著作有《文字传奇：十一堂法国现代经典文学课》，译有《这样你就不会迷路》（2014 年诺贝尔文学奖作品），《温柔之歌》（获第十届傅雷翻译出版奖），《简单的激情》（2022 年诺贝尔文学奖作品）等作品。

"安妮·埃尔诺作品集"
中文版序言

当我二十岁开始写作时，我认为文学的目的是改变现实的样貌，剥离其物质层面的东西，无论如何都不应该写人们所经历过的事情。比如，那时我认为我的家庭环境和我父母作为咖啡杂货店店主的职业，以及我所居住的平民街区的生活，都是"低于文学"的。同样，与我的身体和我作为一个女孩的经历（两年前遭受的一次性暴力）有关的一切，在我看来，如果没有得到升华，它们是不能进入文学的。然而，用我的第一部作品作为尝试，我失败了，它被出版商拒绝。有时我会想：幸好是这样。因为十年后，我对文学的看法已经不一样了。这是因为在此期间，我撞击到了现实。地下堕胎的现实，我负责家务、照顾两个孩子和从事一份教师工作的婚姻生活的现实，学识使我与之疏远的父亲的突然死亡的现实。我发觉，写作对我来说只能是这样：通过我所经历的，或者我在周遭世界所生活的和观察到的，把现实揭露出来。第一人称，"我"，自然而然地作为一种工具出现，它能够锻造记忆，捕捉和展现我们生活中难以察觉的东西。这个冒着风险说出一切的"我"，除了理解和分享之外，没有其他的顾虑。

我所写的书都是这种愿望的结果——把个体和私密的东西转化为一种可知可感的实体，可以让他人理解。这些书以不同的形式潜入身体、爱的激情、社会的羞耻、疾病、亲人的死亡这些共同经验中。与此同时，它们寻求改变社会和文化上的等级差异，质疑男性目光对世界的统治。通过这种方式，它们有助于实现我自己对文学的期许：带来更多的认知和更多的自由。

安妮·埃尔诺

2023 年 2 月

目　录

"安妮·埃尔诺作品集"中文版序言　　　　　　1

迷失　　　　　　1

我想要生活在童话故事中。

（*Voglio vivere una favola*）

——佛罗伦萨圣十字教堂台阶上的匿名铭文

1989 年 11 月 16 日，我给巴黎的苏联大使馆打去电话，我说请帮我接 S. 先生。接线员没有说话。长长的静默之后，一个女人的声音说："您要知道，S. 先生昨天已经回莫斯科了。"我立即挂了电话。我似乎已经在电话里听到过这句话。不完全一样，但是意思差不多，同样令人恐惧的沉重，同样令人难以置信。接着，我想起了三年半以前，我被告知母亲去世的场景。医院的护士说："您的母亲早餐后离世了。"

几天前，柏林墙倒塌。苏联在欧洲扶持的政权相继处在动荡飘摇之中。那个刚回到莫斯科的男人是苏联忠实的公仆，曾经在巴黎做外交官。

我是在前一年遇到他的，当时我随一个作家团去莫斯科、第比利斯[1]和列宁格勒[2]参访，他负责陪同。访问的最后一天，我们在列宁格勒共同度过。回到法国后，我们的关系得以继续。仪式一般的惯例从不变化：他打电话给我，问我下午或者晚上是不是能来，极偶然的情况也会是第二天，或者两天以后。然后他来，只待几个小时的时间。我们做爱。他离开后，我便等待着他下一次来电。

他三十五岁。妻子在使馆做秘书。从我们约会中所采集的片段基本能够拼接出他的人生轨迹，典型的青年共产党要员的人生，早年加入共青团，接着入党进入苏维埃，在古巴待过。他说法语的语速很快，带有明显的口音。虽然他宣称自己拥护戈尔巴乔夫和政治体制改革，但是喝多的时候，他还是很怀念勃列日涅夫的时代，也并不隐藏对斯大林怀有崇拜之情。

我对他的工作一无所知，他公开的身份应该是负责文化方面的事务。如今我对自己也感到非常惊讶，竟然没有向他多提一些问题。我永远不会知道自己对他来说究竟意味着什么。他对我的欲望是我唯一能够确认的东西。从任何意义上来说，我就是一个地下情人。

在那段时间，除了杂志的约稿，我什么也没写。自少女时代以来就断断续续开始记的日记，是我唯一真正的书写之地。记日记使得对下一次约会的等待变得能够承受，也是一种让约会的愉悦得以翻倍的方式，因为能够记下充满情欲的话语和动作。最重要的是，这是一种拯救生命，脱离空虚的方式，然而，空虚却仿佛更近了。

他离开法国之后，我就开始写一本书，写下这段贯穿了我，至今仍然铭刻于心的激情。书写得断断续续，1991 年完成，1992 年出版，就是《简单的激情》。

1999 年春，我去了俄罗斯。自 1988 年那次旅行之后我就再没去过。我没有与 S. 见面。因为已经无关紧要。在又变回圣彼得堡的列宁格勒，我甚至回忆不起当初和他共度夜晚的饭店的名字。这一次旅行中，这段激情唯一留下的痕迹是我还记得的某些俄语单词。我总是情不自禁，搜肠刮肚地去辨认商店招牌和广告版上的斯拉夫字母。我惊讶于自己竟然还认识这些词，还记得这种字母。我是为了那个男人学的俄语，可是这个男人在我心里已经没有位置了，我甚至不在乎他究竟是死是活。

2000年的一月份，也许是二月份，我开始重读这段时间的日记，就是我对S.激情爱恋的这一年，有五年了，我一直没有翻过这些日记本。（因为我不需要在此展开的某些原因，这些本子被我锁在某个地方，于是我很难拿到。）我觉得这些日记的字里行间隐藏着《简单的激情》里没有的一种"真相"。一种黑暗的、赤裸裸的、没有得到救赎的东西，仿佛祭品。我想，这些也应该被呈现出来。

我把这些文字原样输入电脑，未有分毫改动。在我看来，为了抓住某一个时刻的想法、感觉落在纸上的这些话和时间一样不可逆转，它们就是时间本身。只是因为其中我的某些评价有可能伤及当事人，所以这些人都用首字母缩写来替代。对于我的激情的对象S. 也是一样。并不是因为我会天真地认为这样就能避免别人对号入座——这纯属徒劳的幻象——而是由首字母赋予的某种非现实感与这个男人之于我的感觉甚为相符：一个绝对的形象，构建了无名之地的形象。外面的世界在这些文字中几乎完全不存在。即使在今天，我也觉得记录下这些想法、动作，或是细节——比如在他车子里做爱欲仙欲死时仍然穿在脚上的袜子——至关重要，远远比记录随时可以在档案中找到的时事更重要。

　　我很清楚，日记是以内心独白的方式出版的，并不考虑S. 会怎么想。他完全有理由认为这是一种文学权力的滥用，甚至认为是背叛。我能想象到他付之一笑或轻蔑的表情，为自己辩护说："我去找她就只是为了那个。"我希望他能够接受——即使不能理解——在这段时光里，他并不知道，他曾经成为欲望、死亡和写作的美妙而令人惊恐的根源所在。

2000 年秋

1988 年

九月

9 月 27 日，周二

S.……这一切的美就在于：是同样的欲望，同样的动作，和过去一样，1958 年，1963 年，还有和 P. 在一起的时候。同样的慵懒无力，同样的昏昏沉沉。三个场面逐渐变得清晰起来。（周日）晚上在他的房间里，我们紧挨着坐在一起，彼此抚摸，我们什么也没有说，但是心照不宣，都对接下来将要发生的，完全不由自己决定的事情充满期待。每次他将烟灰弹入地上的烟灰缸，他的手都会轻轻抚过我伸展的双腿。在众目睽睽之下。我们说着话，装作什么都没有发生。接着其他人都走了（玛丽·R.、伊莱娜、

R.V.P.），但是 F. 还是赖着不肯走，他在等我一起离开。我知道，如果我此时走出 S. 的房间，我就再也没有力气回到这里。后来的一切都模糊了。F. 站在门外，或者在门口，门先是开着，似乎 S. 和我，我们扑向了彼此，然后门重新关上了（谁关的？），我们站在入口处，我的背倚在墙上的开关处，灯灭了，又亮了。我必须换个地方。我听凭自己的大衣、包包和西装外套散落在地上。他关了灯。夜晚开始了，我沉浸在绝对的激情之中。（然而，和往常一样，有一种不复再见的愿望。）

第二个时刻是周一下午。我整理完行李，他敲响了我房间的门。在房间门口，我们彼此爱抚。他如此想要我，于是我蹲下来，用嘴满足了他，我们做了很长时间。他没有说话，接着，他就只是呼喊我的名字，带着他的俄语口音，仿佛颂祷一般。我的背靠在墙上，漆黑一片（他不喜欢灯光），我们连结在一起。

最后一个时刻，是在出发去莫斯科的夜车上。我们在车厢尽头抱在一起，我的头旁边就是灭火器（我是后来才看清楚的）。而这一切都是在列宁格勒发生的。

于我而言，完全谈不上谨慎，没有任何的羞耻感，当然也没有丝毫犹疑。如同循环一般，我总是在犯和过去一样的错误，这样就不再是错误了。就只有美，激情，欲望。

昨天在回来的飞机上，我一直试图重新整理清楚这一切是怎么发生的，但是想不起来，就好像一切都在我的意识之外。唯一可以确信的是周六，在扎戈尔斯克[3]，在参观宝藏室的那个时刻，穿着便鞋的他有那么几秒钟的时间搂住了我的腰，我立刻便知道，我是可以接受和他睡的。但是接下来，我的欲望去了哪里呢？和苏联版权代理局的局长切维利科夫（Tchetverikov）共进晚餐，S. 离我很远。坐卧铺车前往列宁格勒。火车上，我很想要他，但是根本不可能，并且我也不关心这件事：我和他之间是否发生些什么，我都不会为之感到痛苦。周日，上午参观列宁格勒，陀思妥耶夫斯基故居。我觉得自己是误会了我对他的吸引力，我也就不再去想这回事了（真的吗？）。在欧洲饭店吃饭，我和他坐在一起，但是自旅途之初我们已经坐在一起好多回了。（有一天，在格鲁吉亚，他坐在我旁边，我非常自然地在他的牛仔裤上把手擦干。）参观皇宫的时候，我们不常在一起。回来的途中经过涅瓦河上的一座桥，我们在一起，手肘支在护栏上。然后是在卡拉利亚（Karalia）饭店吃晚饭，我和他分开了。R.V.P. 怂恿他去找玛丽跳舞，是一支慢舞。然而，我知道他和我有同样的欲望。（我忘了一个细节，晚餐前的芭蕾舞表演。我坐在他身边，我只想着自己对他的欲望，尤其是下半场演出，那是一出类似百老汇音乐剧的表演，《三个火枪手》。我的脑中依然回荡着当时的音乐。我当时对自己说，如果我能想起舞蹈演员塞利纳舞伴的名字，我就和他一起睡。我想起来了，是吕塞特·阿尔曼佐。）他邀请我们到他的房间喝伏特加。很显然，他特地安排自己坐在我身边（他好不容易才把 F. 挤开，因为 F. 在追求我，也想坐在我旁边）。那个时候，我知道了，感觉到了，能够确认。这一连串的时刻，默契，欲望的力量，不需要太多的言语，一切都是强烈的美。还有这"失去自我"的几秒钟时间，门边，我们合二为一。紧紧抓住对方，不顾一切地拥抱，他掠夺我的唇、我的舌，紧紧地抱着我。

在我第一次访苏旅行七年之后，突然对我和男人的关系（只是和这一个男人，他，没有别人，就像过去与克洛德·G.，或者和菲利普在一起时一样）有了领悟。无尽的疲惫。他三十六岁，看上去只有三十岁，高大（在他身边，倘若不穿高跟鞋，我会显得很娇小），身形瘦削，绿色的眼睛，淡栗色的头发。我最后一次再想起 P.，是在床上，做爱之后，淡淡的忧伤。而现在，我满脑子只想着要再见到 S.，将这个故事走到底。就像 1963 年和菲利普在一起时那样，他 9 月 30 日回到巴黎。

9 月 29 日，周四

有时，我的脑中会闪现他的面容，但只是短暂的一瞬。而现在，此时，他的面容消失了。我能想起他的眼睛，他嘴唇的形状，还有他的牙齿，只不过都拼不成完整的脸。只有他的身体是可以辨识的，他的手还不能。我被欲望所吞噬，简直想哭。我想要完美的爱情，就像我在写《一个女人的故事》[4] 时，觉得自己达到的那种写作上的完美一般。而这种完美，只有在投入，在不顾一切之中才能达到。作为开始已经很好了。

9 月 30 日，周五

他还没打电话来。我不知道他的航班什么时候到达。他其实是那种羞涩的男人，高大，金发，出现在我少女时代的都是这一类男人，而最后却都被我一脚踢开。但是我现在终于明白，只有这样的人能够忍受我，让我幸福。如果一切都要终止，又为什么周日在列宁格勒会有这样奇怪的默契呢？事实上，我想我们不可能就此不再见面，但是究竟什么时候能再见。

十月

10月1日，周六

差一刻钟一点。航班延误了三个小时。痛苦的幸福：事实上，不管是他打电话还是不打电话，都没有什么差别，都是同样残忍的紧张。自十六岁以来，我就非常熟悉这种紧张的感觉（G. de V.，克洛德·G.，菲利普，这三个是最重要的，接着是 P.）。这会是一个"美好爱情故事"的开始吗？我害怕开车死在路上（今天晚上，里尔—巴黎），害怕发生一切阻止我再见到他的事情。

10 月 2 日，周日

疲倦，昏沉。从里尔回来之后只睡了四个小时。在大卫（大卫和埃里克是我的两个儿子）的单身公寓里待了两个小时，做爱。淤青，欢愉，想要及时行乐的想法萦绕不去，在离开之前，在厌倦之前。在"我已经太老了"这一可怕的时刻来临之前。但是，即便是三十五岁，我依然可能会嫉妒一个年届五十的美丽女人。

索园，水面，阴冷潮湿的天气，土地的气味。1971 年，我来这里参加教师资格考试的时候，根本想不到会有一天，我和一个苏联外交官一起重游这个公园。我仿佛已经看到几年以后，重新回到这里的自己，沿着今天漫步的道路，就像一个月前，我回到威尼斯，回想起 1963 年发生的一切。

他喜欢大房车，奢侈品，搞关系，总之不那么精神层面的东西。这些又让我闪回到了过去，前夫令人厌烦的面容出现在我脑海里，但正因为和我过去的一段生活相联系，此时才显得甜美，具有正面意义。甚至和他一起待在车里我也不觉得害怕。

我要怎样做，才能让我对他的迷恋不要过快暴露呢，才能让他时不时觉得，拴住我也是一件蛮困难的事情……

10月3日，周一

昨天晚上，他打来电话，我已经睡着了。他想过来。我不行（埃里克在）。辗转不安的一夜，要拿这欲望怎么办是好呢，还有今天，今天我也不能见到他。我因为欲望而哭泣，我对他有着百分百的饥渴。他代表我内心深处最为"暴发户"的一面，同时也是最为青春的一面。不那么像知识分子，喜欢大房车、摇滚乐、"外表"，他就是"我青春期的男人"，金发，略显粗野（他的双手，方正的指甲），他那么令我快活，以至于我再也不想去指责他不够有知识气。不管怎么说还是得睡一会儿，我已经快要耗尽了，什么都做不了。在我的脑中，对我的身体而言，死亡和爱是一回事，同一回事。

爱迪特·琵雅芙（Edith Piaf）的歌，"上帝啊，再给我多一点的时间吧，一天，两天，一个月……互相爱慕、忍受痛苦的时间……"越是往前走，我便陷得越深。母亲的生病和离世让我体会到对他人的需要也会产生力量。当我对 S. 说"我爱你"，他会回答我说"谢谢！"听到这个我觉得很有趣，差点就说："谢谢，没关系！"的确如此。他还说："你会见到我妻子"，他看上去幸福、骄傲。我是一个作家、一个荡妇、一个外国女人，当然也是一个自由的女人。我不是那种人们拥有的、用来展示的"财富"，可以给人以安慰。我不会安慰别人。

10 月 4 日，周二

我不知道他是不是想要继续下去。"外交病。"（可笑！）但是我却想要哭，因为节日没有到来。有多少次，我历经等待，做好了一切准备，装扮"美丽"，准备好了迎接客人，接着，什么都没有。节日没有到来。在我看来，他着实令人费解，充满神秘气息，也许他必须这么做，也许是天性里的表里不一。他在1979年就是党的人。他很骄傲，就像升官、通过考试一般骄傲：他成了苏联最优秀的公仆。

今日唯一的幸福：在区域快铁上，有个小流氓上前来勾勾搭搭，我几乎脱口而出："再搞下去，当心我扇你两巴掌。"在空寂的地铁上（只有两名观众欣赏到这个场景），成为庸俗的、低级的搭讪事件中的女主角。

是不是与 S. 在一起的幸福已经一去不复返了？

10 月 5 日，周三

昨晚，九点，电话……"我离你不远，在塞尔吉[5]。"他来了，我们在书房里关上门一起待了两小时，大卫在。这一次，是他一点节制也没有。从他的身体中解脱出来，我根本睡不着，他的身体离开了，可是仍然在，在我的身体中。我的悲剧就在这里，我无法忘记他人，无法成为一个独立的人，我身体的小孔里满满地吸附着他人的话语、动作，甚至我的身体都吸收了另一具身体。在这样的一个夜晚之后，根本不可能工作。

10 月 6 日，周四

昨天晚上，他到塞尔吉来找我，我们去了大卫在勒布朗（Lebrun）街的单身公寓。半明半暗之中，他的身体隐约可见，同样的疯狂，差不多有三个小时。在回来的路上，他把车开得飞快，车内广播（放的是《红黑相间》，去年流行的一首歌），车灯闪烁。他指给我看他想买的车子。非常"暴发户"风格，有点粗野（"还在假期中，我们可以再见面"，他对我说……）。有些话暴露出他厌恶女人的一面：女人从政让他捧腹大笑，女人开车都很糟糕，等等。而我觉得这一切都很有趣……对于这一切我有一种奇怪的愉悦。他越来越是"我青春期的男人"，《空衣橱》里描绘的那种理想男人。在家门口，是最后一个场面，美妙极了，我觉得，正是爱情——因为没有更好的词——的实现：他开着广播［放的是伊夫·杜泰依（Yves Duteil）的歌，《小木桥》］，我用嘴爱抚他，直到他的高潮来临，车子就停在洛塞尔（Lozeres）大道上。接着，我们相互对视，深深陶醉其中。今早醒来的时候，这一幕又在我脑子里一遍又一遍地闪过。他回法国才一个星期不到的时间，可我已经如此迷恋他，与在列宁格勒那时相比，行为举止之间也没有了顾忌（我们做了所有能做的事情）。无论是做爱，还是写作，我都好像有今天无明日一般不顾一切（而且，昨天晚上在回来的公路上，我总有一种出事和死亡的冲动）。

10 月 7 日，周五

欲望不仅没有耗尽，恰恰相反，总是在重生之际更加令人疼痛，更加具有力量。如果他不在，我甚至想不起他的面容。即便和他在一起，我看到的他也不再是以前的样子，他仿佛都有了另一张面孔，如此亲近，如此了然，就像是他的一个替身。几乎一直是我在主导，然而是顺着他的欲望。昨天晚上，他打电话来的时候，像通常那样，我睡着了。压力，幸福，欲望。我的名字在他的嘴里念叨着，带着口音，发音的位置在喉头，向两颚扩散，重音总是落在第一个音节上，于是第二个音节就变得非常短促（安—妮）。从来没有一个人像他这样念我的名字。

我想起自己 1981 年初到莫斯科的时候（应该是在 10 月 9 日前后），看到俄罗斯族士兵，如此高大，如此年轻，进入了这个几乎是想象中的国家，我的泪水情不自禁地涌了出来。现在，我仿佛是在和那个士兵做爱，就像七年以前的所有激情终于移到了 S. 身上。一个星期以前，我完全没有预料到自己还会经历这样一场情劫。安德烈·布勒东[6]的那句诗，"我们做爱，太阳在跳动，棺椁吱嘎作响"，就是差不多的感觉。

10月8日，周六

勒布朗街的单身公寓。开始的时候有点倦意，接着是柔情，最后精疲力竭。有一个时刻，他对我说："我下周给你电话"，这等于说"我们这个周末不能见面"。而我微笑，等于我接受。痛苦，嫉妒，尽管知道最好不要见面见得太过频繁。我又处于节日后的那种惶恐之中。我害怕自己表现得很黏人，害怕自己太老（因为年龄大了所以黏人），我问自己，是不是应该欲擒故纵，要么押双倍，要么全赔光！

10月11日，周二

他晚上十一点钟离开。这是我第一次连着几个小时不间断地做爱。十点半钟，他起身。我说：你想要点什么吗？他说：是的，要你。又一次回到房间。十月底会是艰难时刻，因为随着他妻子的到来，也许我们的关系会结束。但是他真的那么容易放弃吗？我觉得他也十分迷恋我们在一起时的欢愉。听到过他谴责性自由，下流！格鲁吉亚人的伤风败俗！而现在他敢于问我："你到高潮了吗？"开始时他可不敢。今天晚上，第一次尝试了肛交。尽管是他，但真真切切是第一次。床上有个年轻男人，会让人忘了年龄和时间。对男人的这种欲求，简直是可怕，与对死亡的欲求比邻而居，而我内心的这种毁灭感，直至何时……

10 月 12 日，周三

我的嘴唇，我的脸，还有生殖器，都肿得厉害。做起爱来我可不像是个作家，我不会对自己说，"这会对写作有所帮助"或者对这样的事情敬而远之。每次做爱，我都是当作最后一次来做的——为什么就不会是最后一次呢——，还活着的人。

想想看：在列宁格勒的时候，他非常笨拙（因为害羞？或者相对来说缺乏经验）。他越来越有技巧了，所以说，或许我在某种程度上给了他性启蒙？能够扮演这一角色让我感到欢欣鼓舞，但是他很脆弱、暧昧。他没有允诺会将我们的关系延续下去（他可以像推开妓女那样推开我）。他的潜意识或矛盾之处让我觉得非常有趣：他对我谈起他的妻子，说到他们认识的方式，说到苏联必然的道德约束，可五分钟后，他就会请求我和他做爱，上楼到卧室去。这一切是多么让人感到幸福啊。自然，当我对他说"你真棒！"，他就会显得很开心，但是在列宁格勒的时候，我也很喜欢听他对我说类似的话。

10 月 13 日，周四

或许应该说一说爱情与买新衣服之间的永恒关系，永远不知餍足（尽管从欲望的角度而言，我很怀疑它们的效用）。1984 年的时候也是一样，我不停地买新裙子、毛衣、连衣裙，等等，根本不看价签。总之就是花钱。

等待电话，还有就是完全无法理解：我究竟有什么值得他迷恋的地方？

我开始学俄语了！

10 月 15 日，周六

楼梯上的脚步声，勒布朗街。他没有敲门，想试试看门是否开着。我转动钥匙开了门。温柔、光滑的身体，并不是十分具有男子气概，除了……还有他很高，比我高出许多。为了做爱关上灯的动作，没完没了地做爱。回去的路上，他开得很快，我把手放在他的大腿上，总是如此。爱 / 死亡，然而多么强烈啊！

上周二，在拉德芳斯附近，我在想，我是多么喜欢这个城市世界啊，塔楼，灯光，甚至是汽车的风景，我曾经有过那么多相遇、激情的这些不知名的地方（伊沃托，槌球，周日大街上空荡荡，只有稀稀拉拉的几个人，"也许我永远走不出这个地方……"）

无论如何，S.，他已经是一个美丽的故事（只有三个星期）。

10月17日，周一

一直相信他是无所谓的：今天可以确认到十月底就不会有下文了，甚至在十月底之前。想到我没有问过他妻子叫什么（嫉妒的微妙形式，还有想要将另一个女人化为乌有的欲望）。

10月18日，周二/10月19日，周三

一点半。他是一点差一刻走的，我们俩八点半一起到的巴黎。他（更确切地说是我们）做爱，越来越剧烈，越来越深沉的欲望，他不停地说话，喝伏特加，然后我们再做爱。四个小时里做了三次。我的

周二堪比罗马街的周二（我说的是马拉美的星期二沙龙[7]，同样说的也是自己和 P. 在一起的罗马街周二）。自然，没什么想法，或者更确切地说，想的都是解决不了的东西：只有现在，肉体，他者。每时每刻，我**就是**这要逃离的现在，在车里，在床上，当我们说话的时候是在客厅里。正是这份不稳定赋予我们共同的时光以一种绝对的、强烈的密度。

在随之到来的白天，我始终无法摆脱这份存在。时不时，我们做爱的画面会在眼前闪过（他让我背身去——他仰面躺着，我给他口交，他的呻吟——他对我说，你简直不可思议——他将我慢慢引向他的腹部，终于成为主导的一方）。接着回忆和麻木的感觉都消失了，我再一次对他产生了欲求，但我已然独自一人。我重新开始等待，在这样的状况中，我不知道什么时候能开始工作（上课或者写作），除非这一切都停下。

10 月 21 日，周五

自周二晚上以来什么都没有。不知道什么情况。等待。惶恐之中，我在花园里干活。再过几个小时，今天晚上就来不及在巴黎见面了。自我们的故事开始以来，我还从来没有哭过。也许今天晚上，如果我们不得相见，我也许会哭。

10 月 22 日，周六

他没有给我任何音信，我出发去了马赛。昨天晚上自然是哭了。凌晨两点醒来，痛苦，不惧死亡，还有欲望本身。然后我写了点东西，想到也许我可以写写"这个人"，写写我们的相遇，用来替代死亡的念头。我知道，从来都知道，欲望、写作和死亡在我身上是可以互相替代的。因此，昨天，我又回想起了关于母亲那本书中的一句话："置身事外的时候，我更加难过。"这句话同样适用于这个日子，我觉得我的爱情已经不再。我知道，《空衣橱》就是在这样的背景下写出来的，痛苦，切断的关系。我知道，在菲利普和我之间，曾经有过死亡，就是那次堕胎。我写作，是为了替代爱情，为了填满这个如今已经空出来的位置，为了超越死亡。在做爱中，如同在写作中，我同样怀有这种抵达完美的欲望。

我梦到自己偷了一辆九年前曾经有过的雷诺的阿尔派（Alpine）来开。这象征是多么明显啊：这辆车是有可能用来诱惑 S. 的东西，他迷恋跑车近乎疯狂，"上档次"的车子。多么大的误解。我吸引他的，就只是我作家的身份，我的"荣耀"，而这一切都建立在我的痛苦，我无法继续活下去的无力感之上，在我们的故事中，却是这份痛苦和无力感在起作用。

10 月 23 日，周日

今天上午，在埃克斯–普罗旺斯（Aix-en-Provence）"两个小伙子"咖啡馆，几乎只有我一个人。波尔多的记忆，1963 年。我对咖啡馆情有独钟，没有人知道你，还能遇见各色人等。与 1963 年的情况很相似，也是在痛苦之中，不自在。周二到周三的那个晚上之后，他音信全无。他的冷淡让人浮想联翩，当然令人寒心。他夜里来了电话。我们的关系才两个星期。但似乎已经如此遥远。在高铁上，我突然想要他，想到要叫出声来。上一次的场景又一次在我脑中不停闪过，动作，话语（非常少）。但是，十八岁的时候，我可以爱得发疯，爱得要死要活。现在我已经不再会产生同样的绝望。

10 月 24 日，周一

十一点十分，电话。说周三来（也许）。当然，这样的地下恋情对他来说远不如对我来说那么重要。我有的是时间去想感情的事情，这是我的悲剧。没有外界强加于我的激情。是自由将我带入了激情，它占据了我的所有时间。

周三中午，和苏联大使里亚伯夫（Riabov）吃饭，还有苏联版权代理局局长，S. 当然在座。如果晚上，在公开活动之后，他能来就完美了。而在公开活动上，我们总是装作彼此不那么熟的样子。地下情是最有味道的了。

10 月 25 日，周二

早上，我一直在做梦，做梦，想象着两天以后身后的一切。接下去我很难再集中精力做手头的事情，因为我的梦不是毫无理由的，它们有可能成为现实。它们已经成为现实了，是现实的一部分。虽然——这一点让我感到很惊讶——现实似乎更加美好（比如说在列宁格勒）。我希望明天一切都很完美，但也可能会是一场灾难：无聊的晚宴，晚上无法相见。无论如何，黑色套装，绿色衬衫，珍珠项链，这是我为做爱准备的（如果他在桌上能注意到就好了……）我知道此时——所有人都这么说，而且我一直吸引大家的目光，昨天也是，在欧尚——我前所未有的美丽。比二十岁、三十岁时都要美。《天鹅之歌》。（这还真是我们在列宁格勒看的芭蕾表演。）现在，我想起在列宁格勒的房间里发生的一切了：我想要走，正准备带上门，但我又回到了房间里。他应该是在离我很近的地方，因为我们立刻就搂抱在了一起。

10 月 26 日，周三

谈一谈这顿午餐的幸福。他就坐在我对面。知道自己晚上会见到他。知道我们是情人。但是不要显露（也许对我来说，不是显露得那么明显？）。现在是晚上八点。他应该在一个小时或者两个小时以后到。等待的时刻宛若世界尽头，巨大的幸福，然而是未完成的。"前幸福"。好吧，我知道什么都有可能发生，他有可能不能来，发生事故。琵雅芙的歌："上帝啊，再给我多一点的时间吧……即使我错了，也让他再多留一会儿。"那么美，那么强烈的欲望。抹去了 1963 年的 10 月。如此笨拙的青春，如此可怕的笨拙。

10 月 27 日，周四

十点差二十，也许。他是凌晨三点差一刻走的。"我像个疯子一样开车。"我再也无法摆脱我们共度的这一夜。爱，永不知餍足的爱，每时每刻纠缠在一起——即便分开也极为短暂——的身体（但真的是身体吗？这个充满了饥饿感的，甚至已经超越了欲望的东西究竟是什么？）就好像是最后一次，因为他妻子的缘故，虽然他还想和我继续见面。

一个月的时间里，我们的性爱从没那么和谐发展到完美的程度，或者说差不多完美的程度。他没有卷入情感之中，必须如此——如果这个男人要改变我的生活，那我要如何是好——，只是对性爱的迷恋。现在，他更加渴望"给我"，就像我也想"给他"一样，尽管他因为缺乏经验，还是有点粗鲁。我觉得他终于发现了真正的性爱可以是什么样的，他想要都来一遍（因此他说要在我的双乳之间来一次）。他走了，但我好像还在他的怀抱里睡着。

10 月 26 日的这个周三是完美的一天。

他一一列举：圣罗兰的衬衫，圣罗兰的外套，切瑞蒂（Cerruti）的领带，泰德拉迪斯（Ted Lapidus）的裤子。对奢侈品的爱好，对苏联匮乏的东西的欲望。而我，从前少女时代没有能力装扮的时候，对富家姑娘的裙子也曾经那么艳羡，我又有什么资格指责他呢？我觉得他所有这些衣服好像都是新的，他希望打扮得越来越好。首饰，爱的炫耀。这一切都很美。

夜晚，我的名字，欢愉的叹息。他如此美妙的性器。当他稍稍抬起身，想要看我爱抚他（一开始我们做爱的时候他从来不那么做），我想起画上赤裸的、摆脱了十字架的基督，我的欣赏让他倍感愉悦。他胸部、腹部的线条，阴影之中他雪白的身体。我太疲倦了……别的什么事情都做不了，就只能够写他，写下"这个"，如此神秘、如此可怕的这个事情。

现在，我不再在爱中寻找真相，我只会在一段关系中寻找完美的体验，寻找美和欢愉。避免伤害，挑他喜欢的说，也要避免所有那些我身上让人看起来有点下品的东西，哪怕是真的。真实只能在写作中存在，而不是在生活中。

10 月 30 日，周日

我去了拉罗歇尔（La Rochelle），周日明亮的天空，开放的港口。在火车上，我努力想要看书，但是脑袋里萦绕着的只有一个念头：他的妻子来了。昨天晚上，差不多十二点半，他打电话给我，说下周找一天来看我，周一或者周二。随后我抬高了声音，说了好几遍："多么幸福啊！"能听到他的声音，知道这一切仍将继续，多么幸福。这天下午，我想起了十六岁的那天，为了能遇到 G. de V.，我发着 39 摄氏度的高烧，仍然去上课，就是为了第二天顶着 40 摄氏度的高烧和他一起去看电影。但是他不能来。我回到家中，睡下了，我得了肺炎，卧床两周。我还是当初的那个姑娘。只是坚持不了那么久（我想要说的时候，这样疯狂坚持不了那么久）。真的，我写信给 S. 说："就好像在你之前，没有其他男人一样。"

十一月

11 月 1 日，周二

昨天中午，在勒布朗街的单身公寓，因而私密性不是那么好（能听到邻居家的电视机声音）。他到了，因为今年最初的寒潮冻得浑身冰凉，他穿着苏联式的毛衣。我看到了他修剪得很糟糕的指甲（在苏联大使馆就已经注意到的，几乎所有苏联人都有的粗俗的一面）。但是恰恰是他的这些方面才比其他任何特点都更加吸引我。后来，我去了爱洛伊撒（Héloïsa）和卡洛斯·福莱尔（Carlos Freire）家。约瑟·阿尔杜尔（José Artur）也在，我以前不认识他，我就这么去了，神色疲倦，周身上下散发出一个男人的强烈味道，脸上也都是亲吻的痕迹（这是事实，看得出来，我的面颊上都是红印）。我的痛苦就在这里，只要一见到他，我们就会一直做爱，根本不会停下来，然后我就等着下次再见到他。但是十一月不会像十月那样灿烂了，因为他妻子在，而且爱情也会毫不留情的慢慢变淡。

昨天晚上涌上心头的回忆：很长时间，在伊沃托的房间里，我一直留着那条带血的短裤，是在塞斯[8]的那个夜晚的短裤，1958 年 9 月。事实上，我想要偿还 1958 年最后那三个月所经历的恐怖时光，那一切都在《如他们所说的，或什么都不说》中有所影射，虽然还不够尽如人意。

周五，周五……他妻子会出现，想想都恐怖。我要做好我自己，我是最美的，最光彩熠熠的，毫无疑问。

11 月 2 日，周三

我总是梦想能够有一些额外的东西：例如不期而遇，比如说在涅夫勒省（La Nièvre）或其他什么地方。这样就可以不仅仅重复眼下的这种关系（也许正是因为如此我才会要和菲利普结婚，当时并没有想到这会终结梦想）。

夜晚。整整一个星期。这种感觉，没有任何别的东西会像它这样强烈。我越来越害怕这种感觉。他可能晚上不能再来塞尔吉。单身公寓让我心生厌恶，因为光线太强烈了，而且周围的邻居声音太大。我觉得这一切都会结束的，慢慢结束。我不会说他的语言。他给我打电话，就只是为了做爱（更直白一点，是为了"干我"）。但是周五在大使馆，至少还有地下情的乐趣，就我们对彼此了如指掌，彼此的身体，气息，埋藏在心里的那头野兽，还有对我来说至关重要的东西，而别人根本猜不到。十月革命！ 1981 年抵达莫斯科时的眼泪，难道都是我们之间的爱的前兆吗？

11 月 4 日，周五

十月革命……苏联大使馆悲伤的人群，"地堡"。S. 问我："我下午能去你那里吗？"我没有心理准备，因此就没有梦想过，没有期待过。他会不会有同样的欲望，我不知道，但我相信会有。非常好的天气，关上百叶窗，又找回了他的身体，更加精妙的欲望，在做爱前达到了完美的境地。

对周一和查尔斯、戴安娜一起出席的爱丽舍宫晚宴感到焦虑。这一切从来没有终止过，总是有比前一次上层社会社交更加令人焦虑的东西。或许，这意味着再前一次和密特朗一起在伽利玛出版社一起午餐的恐惧已经过去了？

新打开一本簿子。愿望：和 S. 之间的联系越来越牢固——就像我希望的那样，从 1989 年初开始，能够写一本视野更加广阔的书——不要出现钱的问题。

11 月 7 日，周一

当然，我之所以会接受爱丽舍宫的这次晚宴邀请，是因为 S.。这样，可以在他的世界里显得更有价值，可见的荣耀。我把"这一趟"看成需要战胜的考验，必须迎接的挑战：上流社会的最高层，这不再是梦，而是，我知道，是在我十六岁的时候被驱逐在外的现实（1956 年，我偶然读到了《费加罗报》，我那会儿正生着病，躺在床上，我得知 G. de V. 去了这样的地方，而我"不配"，我感到非常痛苦）。

11 月 8 日，周二

这一次，是真的想要了解所谓的排场，荣誉的巅峰等等的欲望。我很害怕自己会迟到，害怕在最后一刻无法"存在"。在香榭丽舍大街上，在玛里尼大街上，雪铁龙 R5 的蛇形穿梭。对我来说，查尔斯王子是真实的吗？皇家晚餐，音乐。我想，这种旧时代上流社会的"深厚友谊"也许有一天会被别的力量一扫而光。我想到了苏联，想到了中国。也许昨天晚上我们就像 1913 年或者 1938 年的那些人一样，身处金碧辉煌的大厅里。只是极为短暂的一瞬，是包法利夫人在沃比萨尔侯爵府上的那顿晚宴。而这一切对我来说，都抵不上对一个男人的欲望，抵不上列宁格勒的那个晚上。而我梦想着能够重新回到莫斯科，我也许是疯了，密特朗十一月底去，我或许可以和他一起（他还记得我们曾经一起在伽利玛出版社谈论威尼斯，"今年夏天，我去了威尼斯，我想起了您"，密特朗对我说），我就是为了把这份荣耀"献给"S.，使他因此而爱我。但是我知道，爱往往应该不在乎这个（因此能够让 S. 得到满足的荣耀其实让我感到很是厌烦）。

S. 出生于 1953 年 4 月 6 日。我的母亲 4 月 7 日离世。埃里克是 4 月 2 日受孕的。

再次生出想要再见到他的愿望。然而，这一切可以简述为以下过程：他吻我，喝伏特加，谈论斯大林。

我与时间的关系不复从前，不再像是和 P. 在一起时那样。每次我们在一起的时候，我知道出现了某种特别强烈的东西，而接下去我们会彼此渐行渐远。眼下的这份清醒，并没有感觉到痛苦（更是一种无法表达的痛苦），让我能够用一种更加纯粹的方式来面对时间。

我仿佛又看见了 P.，成熟的男人，有点小肚腩，灰色的鬓角。我在他的记忆中又会是什么样子呢?

11 月 10 日，周四

昨天，伊沃托。一到那里，我就哭了。在《一个女人的故事》中，我写道："她卖土豆，就是为了让我能够坐在这里听别人讲柏拉图。"而昨天，我想的是:"他们活着,死去,就是为了我能够去参加爱丽舍宫的招待宴会。"故事从来就未曾结束。昨天,我从姨妈们那里得知母亲曾经在安纳西[9]遇到过一位"很好的"先生,她曾经犹豫过要不要再婚。我现在总算知道她为什么会去找占星师,她还有未来,在六十五岁的时候,也许更大一点。这一点让我感到困惑,但是我听到也很开心。我是这个女人的女儿,她充满了欲望,但是不敢径直往前走。可是我敢。我在等 S.。埃里克的出现让我觉得难以忍受,他一直拖着不走,让我没有办法做梦、等待。看到爱在流逝,我总是很惶恐。

晚上。不,总是一样强烈。我很后悔给他看了这本日记的开头。永远都不要说,永远不要表现出有多么爱,这是普鲁斯特法则。他深谙此道,几乎出于本能。但是我觉得——也许他喝掉的半瓶伏特加帮了忙——爱是互相的。他也许一年后会离开。他说:

"这会很难。"开始的时候我还没理解，但是他又补充说："我希望你也会离不开我。"这就是他表达很珍视我的方式。我们在几个小时里一直做爱。这一次又有些不同的东西。他这次说得更多，他敢说那些下流话了。一切动作皆是爱，我亦如此。

11 月 11 日，周五

就像所有他到来的夜晚一样，我睡不着，我仍然被他疯狂地爱着，沉浸在他男人的动作中。今天，我仍然在左右摇摆，一会儿和他融为一体，一会儿又回到自己。一些时刻总是浮现出来，构成了这个夜晚。他从厨房传来的声音，"这会很难"，然后是他的眼神，临走前，他坐在扶手椅上。最后一次，在卧室里，他的柔情，他的淫言荡语，他带着俄罗斯口音，喃喃道："你真是棒极了。"

要记下这个：我发现自己丢了一只隐形眼镜。后来在他的生殖器上找到了。（想起左拉把他的夹鼻眼镜丢在了女人的双乳间。而我，把我的隐形眼镜丢在了我情人的生殖器上！）

我和列宁格勒那一夜比较了一下，他的变化真大啊，尤其是他的笨拙。我想，现在应该可以称之为激情了。

11 月 12 日，周六

四年前，是雷诺多文学奖[10]。比较起来我更喜欢今天的夜晚。在等待和永恒的欲望中。我想要重建苏联之旅，如果不是这段旅程以和 S. 的故事结尾，我当然不会产生这种想法。

9 月 18 日周日晚上。车子的雨刮器坏了，将我们送往罗西亚饭店（Rossia）的车子里放着全速摇滚。冰冻的夜晚。我从窗户望向外面的莫斯科河。

19 日，周一，民族文化出版社。作家协会

的会议，午饭。红场漫步，和 R.V.P.、玛丽·R.、
Alain·N. 一起。从花园里回去。我看见我们都集中
在这人烟稀少的地方。出发到第比利斯（飞机上，
S. 坐在我旁边，我觉得很无聊，想睡觉）。晚上在第
比利斯，十六层，我们嬉笑着成立了一个十六层科伊
巴小组。

20 日，周二。参观第比利斯，连在一起的教堂

饭店里的午餐

博物馆

翻译学校

电影《堂吉诃德》，S. 就坐在我旁边

21 日，周三。各种会议

清真寺，旧都

返回莫斯科。中央委员会饭店

22 日，周四。

参观克里姆林宫

马戏表演

在《人道报》驻苏记者家吃饭

23 日，周五。早上看电视

在法国驻苏联大使馆午餐

各种见面

阿尔巴特街（Rue de l'Arbat）

24 日，周六。扎戈尔斯克

在博物馆午餐

苏联版权代理局晚餐

坐火车赴列宁格勒

25 日，周日。陀思妥耶夫斯基故居

在饭店午餐（S. 坐在我旁边）

修道院

芭蕾舞

在饭店晚餐，有乐队伴奏

11 月 15 日，周二

自醒来便开始等待。等待之后就什么都没有了，也就是说，从他按响门铃，进门开始，生命就此停下。总是担心他不能来，这种担忧真是折磨人。但也正是这种持续的不确定性使得这个故事格外美好。而我不知道他有多么爱我。说"通过感觉"，毫无意义。无论如何，这应该是最美的、最真实的、最清楚的方式。

下午四点。将来有一天我会想起这些美妙的十一月的下午，屋内洒满了阳光。我在等待 S. 的到来。汽车的声音，从此进入另一段时间，一段恰恰是时间消失，被欲望替代的时间。

子夜。疯狂的夜晚，他喝得太多了。十点半的时候，车子发动不了。愚蠢的，危险的操作。我让他等等，不要让车子的汽化器进油太多。他已经站不起来，或者说站不直。他想要做爱，就在门厅，接着是在厨房。他低垂着脑袋，我们这对男女如此可笑的体操十分有趣，为了表达爱，实现爱，一次又一次。总是有更多的欲望。他曾经喊过我一次"我的爱",但是他没有说过"我爱你",既然没有说,也不存在。我害怕他回去得"不顺利",害怕他出事情。下次一定要禁止他喝酒,如果有下次的话,传统的迷信。我们之间的确是激情了。

11 月 16 日,周三

昨天和往常一样,有点下流。我们最后一次上楼的时候,啤酒的味道,酸酸的,他的话语,"帮我(达到高潮)。"在汽车的问题之后,在门厅,穿了一半的衣服,靠在暖气片上。然后在厨房里。看得出来他醉了。想不起法语词,几乎什么都没有说,只是要我。

以前,他和我说起过自己的童年,他在西伯利亚流送木材。自由出没的熊。他颇有点反犹主义倾向,虽然没有明说,他会问:"弗朗索瓦·密特朗是不是犹太人?"(!)这就像我无法相信他是纯粹教条主义的产物一样，不愿意相信他做的这一切不是责任使然。

我害怕他从"感官的地狱"中醒来，因为此前他对此还一无所知，而现在我们却沉浸其中。（从昨天开始，《性爱宝典》已经没有什么意义了。令人惊奇的是，他完全能够领会我在想什么。他是不是从别的什么地方习得这些的呢？色情书，或是色情电影？）

在他身上，教条已经成为他的天性，这就如同在拉斯普京[11]、阿斯塔菲耶夫[12]笔下一样："爱，酒精，这是天性。"

昨天晚上，他的这张脸是痛苦的孩子的脸，迷失在欲望之中，久久难以熄灭。我知道，在这些时刻，我也有这么一张面孔。

我刚读完口袋版的《如他们所说的，或什么都不是》的样稿。已经十一年了，我没有再读过它。我没有变，我还是那个相信幸福、等待和痛苦的女孩。这本书虽然口语化，但是远远比批评界所评论的要深刻（从词语和现实的层面而言）。

11 月 17 日，周四

循环又重新开启：痛苦的一天，任何需要创造力的事情都做不了。接着又是等待，欲望，痛苦，因为在我们的这类关系中，我完全跟着他打来电话的节奏。而我眼下还要写大革命的文章。真是恐怖。我一直不知道他周二晚上是怎么回去的，他的妻子有没有发现什么，他是不是"说了什么"，那会是最糟糕的。我的生活的所有未来就在于他晚上来电。如果他死了，对我来说太过残忍，我不知道自己是否能够从中恢复。昨天，尤其是今天早上，我深感惶恐，担心的就是周二深夜至周三凌晨他是否安然回到家里。他醉得不轻。我发疯般地想给使馆打电话，当然我不能那么做。我真的是沉浸在爱情中。

11 月 18 日，周五

凌晨四点半醒来，想到的就是"他没来电话"（他有时会在夜里打来电话）。时间就这样铺展开来，呈现在眼前，距离大使馆纪念十月革命招待会只过去两周的时间！当时我很害怕会遇见他妻子，他妻子最终没来。现时之光是如此强烈，以至于我觉得未来和过去像是距离若干光年一般那么漫长。

正常情况下他"应该"今晚打电话来，一般说来他会在我们上一次见面三天后打电话。但是对我们来说，"应该"，"常规"是没有真正的位置的。

11 月 19 日，周六

我的确在问自己，是否应该这样继续下去，永远处在等待、痛苦、麻木和欲望的交织之中。和我在母亲去世时的情况一模一样，现在，要为她/他做点什么。此时，是出门去买伏特加，也许买一条紧身短裙，"时髦的"（正是因为他妻子不会穿才更应该买）。令人激赏的地狱，但依然还是地狱。自周二以来，我一直在想，对于我们之间所发生的这一切，他是不是也会感到害怕。

11 月 20 日，周日

昨晚来电，七点半。于是一瞬间，一如既往，一切都翻转了，一种平静，平静的幸福，然后开始等待下次约会，欲望，想要用的姿势。当然，还是不想工作（写关于大革命的文章）。

11 月 22 日，周二

今天晚上，在伊莱娜家有个晚会。他会和妻子一起来。考验。尤其是之后我们不能单独见面。这样的障碍会深化欲望，这是我在障碍中唯一能够找到的魅力。昨天晚上，他给我打来电话，显然已经醉了（他醉的次数是不是越来越多了？这一点我在莫斯科的时候还没有意识到），在寻找词语。二十分钟后，他又重新给我打过来，开头就说"我也是"，就好像是在回应上一通电话里我对他说的话，也许是那句"我爱你"。他有点混乱，一直在笑。但是到最后，他还是说了"我爱你"，作为对我说的相同的话的回应。我沉醉在爱情之中，这是一个美好的故事。

的确是很难过的一个晚上。我在找寻使我感到痛苦的原因，为什么从伊莱娜家的晚会回来，我会感觉到无尽的忧伤。不是嫉妒。玛丽亚，S. 的妻子谈不上漂亮，可能可以说是个"结实"的人，就像我们说一块布"结实"一样，就是没有别的优点。但是我不自禁地回忆起以前的那些晚会，我的丈夫对别的女人感兴趣，有时候他的情人 G. 也在，我能够了解到她的痛苦，我成了"她"。有好几次，S. 炽热地看着我。于是，突然之间，我决定和他妻子说说话。我们在一起"聊"了很长时间，和 S.，她，还有其他人，比如玛丽·R.，还有阿兰·N.。要装成一个热情善良的人，而事实上却是混蛋。因此我十分忧伤。还有，就这样，我们仅仅见了面，其他什么也没有，得等到周四。

她穿着长裙，没什么剪裁，肉色丝袜；我穿着短裙，黑色丝袜。我们俩站在一起，我们之间形成了鲜明的对照：无论是身材，头发和眼睛的颜色，还是身体（她有点矮胖），服饰。总之，一个是母亲，一个是荡妇。

11 月 23 日，周三

现在很难忘记出现在 S. 身边的这份存在了（夫妻，这个令人痛恨的词），而同时，欲望却变得更加强烈，令人痛苦：只要继续下去，我才是真正的欲望所在，是他喜欢的那一个。我理解特里斯坦和伊索而德的故事了，被点燃的激情，从此再也不能熄灭，哪怕障碍重重。

11月24日，周四

雾，灰蒙蒙的天。今天，我开始担心他会厌倦，担心我们之间的关系甚至不能持续到圣诞节之后。再说，我的生活节奏是跟着电话走的，很少能够见面，算起来，不过一星期一次（十月是一星期两次），这种生活是如此愚蠢和空虚。我所说的"空虚"是相对于世界而言（我对其他什么事都不再感兴趣），"丰富"则是相对于感情而言。今天非常失望：

（1）他始终没有说我所期待的甜言蜜语。

（2）在法俄友好协会碰面之后，他和大使的女儿走了，都没有陪我回塞尔吉。

我发现自己那篇关于大革命的文章毫无价值，真让人恼火。睡觉，是的。但是，我已经在问自己——尽管我也对此感到十分厌烦——"他什么时候会打电话来？"

11 月 25 日，周五

两个有趣的行为：一是我在教堂点燃了蜡烛，希望爱情实现，另一则是今天下午我去了春天百货的"性爱"柜台。我在那里翻看，人们来来去去，有个男人也在翻，后来还有一个女人，我还想那个女人是不是同性恋，因为她紧紧挨着我。接着在柜台付款，我买了勒鲁（Lelou）医生的《论爱抚》《情侣和爱》《做爱技巧大全》，最后一本有 75 幅图，销售了 80 万册。我身后都是女人。我很镇定。营业员帮我把书包起来。但是我没有用银行卡付账，因为这样别人不会知道我的名字，我也不会在区域快铁里读这些书。我买这些书，是为了肉体之爱的完美与升华。

11 月 27 日，周日

这也算生活吗？是的，也许吧，至少比空虚好。

等待电话，也不知道会不会有电话。我没有翻开《做爱技巧大全》，担心自己会饱受欲望的折磨，而且我们也不知道什么时候才能像书里那样在一起。必须承认：一直以来我欲求的只有爱。还有文学。写作就只是为了填满空虚，能够说出或承受1958年的记忆，堕胎的记忆，父母之爱的记忆，总之，所有肉体与爱的故事。如果从现在开始一直到明天晚上的这段时间他不来电话，也就是说，距离我们上次见面已经四天，我想，或许我可以想，我们大约是要结束了，如果可能，要对此有所准备。

这个星期，我对自己说，比起想我，他想的更多的是他刚到手的那辆新的大房车。

11月28日，周一

晚上七点半。也许我之所以那么迷恋S.，就是因为我不理解他的行为，我很难分辨出他身上的文化符码，甚至不能够很好地弄清楚他社会性或是精神性的那一面，而如果是和一个法国人在一起，一切则一目了然。

残忍的等待，我发着烧，但是我还是批改了学生的作业，总得做点什么。等待他的电话、他的声音，等他说我很重要，我是他的欲求所在。为什么，每一次我都会想，我们已经结束了，他再也不会给我电话了？这是怎么样古老的担心啊？

八点四十五分。电话。每一次，我都认为这是"命运"，电话，来自另一边的信号，这种恐惧，然后立刻转化为了幸福。当我摘下听筒的时候，我非常害怕不是我等待的信号，而是同一个命运之神犯的错误。是他，他约好明天来，下午四点。具有摧毁力的幸福，能够片刻地消除在今晚达到高潮的恐慌。我再也不想改作业了，之所以之前那么发奋做这件事，完全是为了忘记等待。我想要哭，想要笑。我要拖地，冲洗厕所，稍微打扫干净一点来迎接他，迎接这个"男性"，男人，有时，在没有幻灭，没有遗忘之前，我是把他当作一个神来看待的。

11 月 29 日，周二

晚上十一点。我等他，在接近四点的时候，我感到非常害怕。害怕再次见到他，害怕又多了一个下午的累积，这一切会将我们带向某种饱和，让我们不再有对彼此的欲望。我从来不认为，随着我们认识的逐渐深入，我们会更加依恋对方，相反，我认为我们之间的爱恋会逐渐变淡，逐渐消失。

我们像在列宁格勒的那天晚上一般做爱。很美好。接着是像两周前一样，在玄关。也很美好。但已经是"像"了。他穿着一条俄式三角裤，白色的，松紧带有点松，很大。（我父亲也有类似的短裤！）

我感到很疲倦，有点忧伤，也许开始时我对我们的故事没有什么期待（在列宁格勒时是这样的），而现在我则过于期待了。

"我不希望我们分开"，他说。是的，当然，但他也说："我时不时，经常，也会和我妻子做爱。"我立刻想："这些话可能会深深地印刻在我脑中，我会经常想起。"最终倒并不像我害怕的这么经常。他说他没有其他的法国情人，他是不是在撒谎？我感觉他并不是经常欺骗他的妻子，也许很长时间以来我是他第一个情人。总之，他不到一个星期的时间来一次，从巴黎到塞尔吉，和我共度一个夜晚，也许我低估了他对我的感情。但是现在，他要在我们见面的四天后才给我电话。

十二月

12 月 3 日，周六

已经两个月了。今天晚上我经过勒阿弗尔街和普罗旺斯街拐角处的布鲁梅尔品牌店。那里有一个很可怕的乞丐，张着嘴，戴着一顶紧扣在头上的蓝色便帽。我走过去又走了回来，给了乞丐十个法郎，暗暗祷告 S. 今天晚上给我来电话。四天……

　　十点。为什么这种预兆总是在呢，微微的讽刺，非常美好，他才给我电话。我想到了那个乞丐，高大，可怕，如同基督一般痛苦，还有今天晚上自己的行为，祈愿。我们周四见。我想到了在见面之前要做的所有事情，和安托万·伽利玛吃饭，尤其是还要去卢森堡，感觉很疲倦。

　　无论如何，他从拉丁区打来的这个电话，这个预兆究竟意味着什么呢？意味着他想念我？但是那又怎么样呢？最无法想象的就是另一个人的欲望与感情。然而，只有这美好。我只希望能够达到这种完美，尽管我也不知道是否能够达到：那就是成为他的"最后一个女人"，擦除所有其他女人，得到他的专注，他特有的身体技能，"高贵的故事"。

12月6日，周二

　　今天，我没有能够见到 S.，因为和安托万·伽利玛、帕斯卡·基尼亚尔一起午餐的缘故（还有我自己的原则）。悲伤到爆，因为我心怀恐惧地踏上了去卢森堡的旅途，要两天时间。预兆也不总是起作用。今天，在火车停靠的时候跳上车的朋克，还有他的耳环。还有那个唱歌的！仿佛我们天生就是为了来到这个乞讨的世界里，它对我们而言几乎谈得上是美的了。成为城市的一部分，火车站的背景，铁路上方熠熠生辉的塔楼，"瓦尔塔"[13]大楼，"萨勒克"大楼，高高矗立。"请进入一个挑战的世界，罗讷-布朗克[14]的世界"，这句几个月前的广告词，说得真好。

距离上次 S. 来已经一个多星期了。太长。我整理了一下这一个多星期以来我经历的事情。我很惊讶，竟然有那么多让人不开心的、愚蠢的活动，和 H. 的晚饭，出席蒙特勒伊青少年读物奖颁奖典礼，关于罗伯-格里耶的课程的收尾，还有今天的饭。生活就是这些平淡无奇的事和行为的累积，这在我看来实在可怕，只有在某些时刻里能够有强烈的感受，置身于时间之外。在这世界上，我只能接受两样事物，爱和写作，其他的一切都是黑暗。今天晚上，我什么都没有。

12月8日，周四

我很害怕他周四不能来，因为亚美尼亚发生了地震，苏联大使馆已经人满为患。十天是如此漫长，又或许算不上什么。今天早上，在火车里，欲望如此强烈，每当见面的时刻临近，总是会因为恐惧而浑身冰冷，害怕"与日俱减"，较之从前，幸福与日俱减，在一起的欲望与日俱减。

12月9日，周五

十点二十五分。是他的车子吗？

害怕他不来，不和我说一声就不来。但也害怕他已经到了，这会儿我听到了刹车声。这声音。我害怕自己不够美丽，尤其害怕不能给他足够的愉悦。但是如果没有这些担忧，这就说明我对他已经无所谓了。

　　十八点十分。他十七点五分走的。在一起不到两个半小时。我禁不住要去想，很明显，这就是我们之间的爱在走下坡路的征兆。但是为了来塞尔吉，他没有参加大使馆的萨哈罗夫[15]演讲。第一回，我们非常和谐。但是第二回我感觉不是太好。他是在装吗？甚至他的性也让人觉得难以琢磨。我对他一无所知，对这个俄罗斯世界，我始终感觉很陌生，还有外交的世界，机构的世界。很显然，我总是把太多的想象、太多的自我消耗，放在一个男人身上。我不知道他对我的爱是怎样的，如果只是因为我的名声，因为我是一个作家，那我会禁不住想要逃。我最害怕的是他还有别的女人。他曾经被一个西班牙语书名所吸引，《在成熟女人的怀抱》。当然，他说这个成熟女人是我。但是我又如何知道我身上是不是有些不讨他喜欢的东西，比如说我邀请玛卡尼娜（Makanine）[苏联作家]

来吃饭，或是和他在一起的时候接听 S.A. 的电话。

如何解释他对这书名的兴趣呢，"在成熟女人的怀抱"（他读的是动词的分词），也害怕他就是对这类女人有欲望？

"你圣诞节出门吗？"等于最好你出门，这样我就不必来看你，或者等于你最好留下来？

又或许，这些话对他来说并不重要，就只是为了说才说的而已。

同样，或许他是故意不去萨哈罗夫的演讲的，出于政治立场，他是个"正统派"，可对方是个异端。

我读到自己上周六写的东西，六天，很不平常，这里有某种永恒的东西在。激情充塞着快要爆掉的存在。

12 月 11 日，周日

灰蒙蒙的天。想起 1963 年的 12 月，当时我怀孕了，想要堕胎。大学城，完全被遗弃了。下午昏昏欲睡（1984 年，在 P. 家里，也是如此）。这种瞌睡（更确切地说，是生活的麻木）和地铁长凳上的流浪汉有得一拼。和 S. 在一起，我可能永远不会睡着的。只有一次，在列宁格勒的时候，我本来是可以睡着的，可是我不想睡。1985 年时也是一样，同样灰蒙蒙的天，同样昏昏欲睡，同样不满足。那个时候，我痛苦的是自己写不出东西来。改作业，上课，感情故事，出门，招待会，皆是空虚。既然我什么也写不出来，我也就不再找寻真相了，这两件事混在一起。我的性欲特别旺盛，就是这样，也就是说，得到欣赏并不是我看重的。我真正在乎的，是快感，是给别人带来快感，是欲望，真实的色情，而不是想象中的，来自电视或色情片的。

晚上，我读了另一本簿子，和 S. 之间发生的一切在我眼前一一闪过，我已经在时时算计了，我哭了。只有开始是真正美好的。然而，十月，在索园并不那么糟，在单身公寓也是。那么为什么还要哭呢？

我并不指望他周二来我的苏联之夜，要不然也许会很艰难。我爱他（等于我需要他）——我不确定他是否爱我。老掉牙的故事。

12 月 13 日，周二

他没有来我家吃晚饭，这样也许更好。我也不知道这次邀请是不是个好主意。终于结束了。我想我害怕接待，我总是活在一种恐惧之中，害怕一切都被自己搞砸了（今天一半是失败的）。我的短裙弄脏了，一大堆碗碟要整理。我发疯一般的想尽早见到 S.，就好像别人的存在让我更加意识到，他不在，我的心缺了一大块。

12 月 14 日，周三

他今天应该给我打电话的。他第一次失约了

（在十六点到二十点之间我像丢了魂一般）。倒计时也许开始了。一切如此黑暗，我想待在家里，外面的世界让我感到害怕。也许在这个家里，活下去还不那么难。电话在，所以希望还在。外面没有任何办法，我是一个马上就要哭出声来的女人。塔吉亚娜·托尔斯泰娅[16] 和她"永恒的事物"，她特有的表达方式，就像娜塔丽·萨洛特[17] 一样。我是作家，是公民，两种身份互不干涉。但是对于塔吉亚娜，我真正记住的就只有"苏联式"的手势，在自己眼前摆手表示否定或者嘲弄，还有 S. 偶尔露出的无法定义的表情。我不喜欢她带有嘲弄意味地谈起她的国家，"苏联对一个作家而言是真正的礼物"（多么可怕啊）。

12 月 15 日，周四

寂静无声。我感觉糟糕透了，情不自禁地，我回忆起以前类似的时刻，1958 年，1963 年，不停地闪回。我知道，只要一通电话（哦，法语中电话这个词也可以作"召唤"解，真是千真万确）我就又会恢复对生活的兴致。如果有一天读到这部日记，大家一定会说，这无疑就是"安妮·埃尔诺作品里的异化"，不仅仅是作品里的，生活里更是。我和男人的关系永远都是遵循着这样的步骤：

（1）开始时毫无感觉，甚至讨厌对方。

（2）多多少少身体上突然擦出了"火花"。

（3）幸福的关系，控制得很好，有时甚至还会感到厌烦。

（4）痛苦，深入骨髓的想念。

有的时候，痛苦是如此意味深长，以至于幸福的时刻就只是未来的痛苦，就只能让痛苦加倍。

（5）最后一个阶段就是分离，然后就等着完全无所谓的时刻来临。

晚上，八点四十五分。真是非常艰难，比四年前的夏天和 P. 在一起时所经历的还要困难。很显然，如果他晚上不给我来电话（而他本该昨天晚上给我电话），那就完了。其中的原因，自然我们永远不会知道，或许以后会知道，我也不清楚。但愿今天晚上不要流尽眼泪，这就是我全部的请求。文学不是以同样的方式让人忍受痛苦，尽管也很让人难过。在爱情的事情上，是一种撕裂的痛楚，是一种遗弃，一种想死的感觉。十八岁的时候，为了补偿，我就拼命地吃。而在四十八岁的时候，我知道是不可能有所补偿的。一本或许是用"我爱过一个男人"，甚至是"我仍然爱着一个男人"来开头的书。当我想到他的时候，我脑袋里出现的是他赤身裸体的样子，在我的房间里，我给他脱去衣服，我能想到的就只是他挺立的性器，他的欲望。我该这么说。

九点四十五分。他到底还是来电话了，我也并不因此感到幸福（痛苦的循环于是开启了）。我们周二见面，也就是说五天后。这就意味着他不需要经常见到我。也许他有了别人，虽然他的短裤还是让人难以言喻。或许是因为我，我是一个让人尊敬的女士，越来越只能远观。但是别放手，千万别。我知道。无论如何我会等他的。至少比什么都没有要好。

12 月 16 日，周五

阴郁的早晨：一天都将无所事事，就只是活着。天还很黑。有无数个如今天这般的早晨，过去和未来。我一边想着 S. 一边自渎，更糟糕。不，也不算那么糟糕。

12 月 20 日，周二

他从来不在电话里说他到达的确切时刻。自周四我们约好见面以来，我很可能会死，会生病。即便如此也没有办法通知他。不能暴露在阳光下的情人。想着要再见到他，我一直感到害怕，甚至可以说恐惧

（每次我都会感到腹部绞痛），而整整一夜，我有的却只是欲望，无法满足的欲望。即将到达的汽车……每一次都像是我又要再一次遭到强奸一样。

十一点差二十。万一他不来呢？

或者说这已经是我们日渐暗淡的关系的开始与继续？阳光灿烂，仿佛十一月一般。已经不再是十一月了，但是。

十五点三十分。我刚写下"但是"，他就到了。是因为美好的天气吗？美妙的重逢。他带了礼物来，他答应给我一张照片。我想他或许是有点爱我的，以他自己的方式，放置在婚外关系的范围内，归于"某一类"的关系，但是也许并不像我以为的那么爱。也还有肉体上的迷恋，有点疯狂。无法知道我对他来说究竟意味着什么，这种无法确定的感觉比和P. 在一起时更甚，同时又是那么激动人心。他有了他的"大房车"，和我的前夫在社交方面有某些共同之处。我是多么疲惫啊。我又是多么幸福啊，让他感到快活，让他感到幸福。当我用嘴让他感到愉悦时，他说："你是怎么做到的?"令人无法忘怀的俄罗斯口音。但是从另一个方面来说，我很糟糕，任自己迷失，不计一切地支出精力和生命。

12 月 21 日，周三

怎么才能知道他会如何接受我这份大礼，从价钱上看，这就是一个老女人送给她的小白脸情人的。今天，我在地铁歌剧院站又看到了那个手脚扭曲着，没有长好的女人，她瘫在墙边，在那里至少一年了，看上去很令人不忍，我给出了十法郎。暗暗在脑子里过了一遍这些算命性质的赌注：但是他又凭什么今天给我电话呢，他昨天刚来过。这是他的"在空格内打勾"。我把欲望投射在了这些乞丐身上，他们成了命运的居间人，也不过如此……想象中总是含有现实的理性的。

12 月 22 日，周四

这天夜里，突然想到这份礼物实在有点大，而在这个男人的眼里，或许只有我的屁股，比别人的更有魅力一点（我总是往最黑暗的地方想）。问题一直都在于：对……（他或她）来说，我究竟意味着什么？"赫卡柏[18]对他来说究竟意味着什么，或者他对赫卡柏来说，究竟意味着什么？"（《哈姆莱特》）

夜里。万一他想分手呢？ 11 月 29 日，尽管他和我说的（一个月，太长了……）正相反，可这毫无意义。今天晚上，我想，下周他说不定根本不会来。在这样的时刻，就有勇气直面，有勇气分手，但是以时髦的方式，把他的礼物给他。

每天夜里都是如此阴郁，我太依赖他了，完全把自己交给电话。他应该过两天打电话给我（这是根据过去的不成文规定），周六晚上或是周日晚上。如果超过这个时候，就做决定。

12 月 24 日，周六

阴郁的早上，和那个复活节前夜一样，或者是1986 年复活节后的第一个周日。我正在经历自菲利普以来最不正常的一个故事，而和菲利普是二十五年前。我在这个本子上不知疲倦地写着，就好像母亲患了老年病之后，我也是那么不停地写。但愿至少能够有点用。昨天晚上，我确信他已经厌烦我了，从此时到一月他都不会给我电话。今天早上我也有点趋于相信这一点。

一点钟，令人心寒的贺卡，就像是一个信号："致以诚挚的问候"，有他的签名。仔细思考一下，等于什么也没有说，一张非常官方的贺卡。换个角度，这也是分手的信号，这两个星期我一直沉浸在这种分手想象中，是用"诚挚的关系"代替了之前的关系。

12 月 25 日，周日

从八点到十点，是至暗时刻，他没打电话来，而我在等。好吧。我那时甚至没有像普鲁斯特一样去想，什么都不需要，只需要一点意愿就够了，从此无需再忍受，无需再绞尽脑汁，只要过了那个时刻，我就会得到自由。

12 月 26 日，周一

几乎没有什么变化。等待：十六岁的时候（在一月，二月，等 G. de V. 的联系），十八岁的时候（最糟糕的，等 C.G.），二十三岁的时候，在罗马等 Ph.。几年前，是等 P.。这一次，我给自己规定的最后期限已经超过了一天。但是我仍然接受他今晚的来电，因为圣诞节的巨大空虚。倘若过了今天……

几乎没有什么变化：甚至是怀孕的愿望，但是还没有把这一愿望具体落实的措施（但是我想我这个月不会吃药了）。

我得多不**自信**，才能够如此疯狂。

十点四十五分。他打电话来，但是他不知道自己什么时候会来。"我争取这个星期来看你。""我争取"，在不想的时候，这真是一个可怕的词。我只是需要一点平静，一小粒抚平痛苦的解药。

12月27日，周二

当然（但事实上我在等……）他并没有像他允诺的那样打电话来，"明天，或者后天"。我想哭，想吐。尤其是我一直不是一个人，埃里克一直在这里。盘算着 S. 有可能来的日子，可能来不了，S. 会觉得很高兴。我除了思考无所事事，或者，更确切地说，是这样的：我根本不在意 S.，但是今天晚上，我无比深刻地感受到了虚无，厌恶。睡觉吧，睡觉。

12月28日，周三

我没有真正睡着，我坠入了恐惧之中：哭泣，相信自己被遗弃了，只是过程比较温和而已——梦到前夫想要吻我，这对我来说有点残忍，因为我的脑海里全是 S.。"在生活遭到围困的时候，智慧凿开了一个出口"，普鲁斯特说。夜里没有智慧，只有一团混杂的生活，充满了矛盾，痛苦，没有出口。"纸糊的脑子"成了水泥板做的。我觉得我已经很久没有经历过类似的不眠之夜了，上一次还是在六年前，和菲利普分手的时候。那一次也是，我期待明确的分手。花了三个月的时间。

又怎么会惊讶于1958年的疯狂呢，在 C.G. 之后，我那两年的饥渴，消沉，就是因为男人的缘故。我知道我之所以写这些是因为这个：因为缺少爱的实现，因为爱没有实质内容。

有些时刻，我们是在某个故事中奔跑，一切都在向前，充满了期望。而在另一些时刻，一切都在过去中摇晃，前面的一切都不过是重复，只会变得更糟。我把这个时刻定在十一月，但是并不准确。更确信的是十二月，有次我邀请玛卡尼娜的时候。十月和十一月，两个非常美好的月份，而且还阳光灿烂。十二月非常黑暗。如果不是为了让未来重新变得阳光灿烂，又为什么要写这些。很少是和同一个男人经历这一切的。

今天下午，我睡了一个小时，是在卧室里（这说明我处在被遗弃的状态）。醒来的时候差点打碎了床头灯。

我是一个贪婪的女人，这差不多是对我唯一正确的判断。

12 月 29 日，周四

十点半。我已经差不多快不行了。电话铃声响起，电话那头什么声音也没有，响了三次。十分钟后，"周五十点"。平生第一次，我幸福得哭了。我知道，对我来说这可能是最糟糕的，事情进一步恶化，如此残忍，就像那个时候和菲利普在罗马，没有正式的出口。但是很幸福，因为，自然，我会落入陷阱，比如婚姻什么的。

12 月 30 日，周五

我掉入了一个深渊。我仍然处在他还未曾离开的时刻，我很确定，和我在一起他十分快乐。我很担心礼物，太贵重了。有一个小小的温馨回忆："这些花代表什么？"他说。那是我放在床边的报春花。很明显的嫉妒，因为我教给过他，在法国，每种花都有花语。只有嫉妒可以作为爱的证明。我为他解答了疑问，把花园里新采的报春花送给了他。

今天，他跪着吻我的那个地方，就像我为他做过的那样。我们为对方脱去衣服的过程堪称完美。是的，他很英俊，"我心尖上的气息"，就像 D.L. 叫的那样——但 D.L. 并不知道他究竟是谁——D.L. 是典型的巴黎人，对一切万念俱灰，我觉得挺恐怖的。

在电视里又听到阿兹纳武尔[19]的歌，我已经忘了。"生活，我想要和你一起过。"我十六岁。我一直十六岁。我的脑海里掠过那时的记忆，那疯狂的爱情。和 S. 在一起，仿佛是年轻时所有未尽之爱，所有不够完美的爱都得到了实现：G. de V.，皮埃尔·D.，所有那些让我感到失望的人，并且我现在依然了解，他们只能够让我感到失望。他们并不比其他人更糟。现在，我知道我不能"和你一起过"，知道这只能是一个梦，一种痛苦。

今天下午，我沉浸在这样的念头中："我就像安娜·卡列尼娜一般。"安娜，疯狂地爱着渥伦斯基。

让人害怕。

12 月 31 日，周六

今天晚上，密特朗的新年致辞：演说中的他还是个左派。致辞结束时第一次唱了《马赛曲》。我仿佛触电般轻颤了一下，对我来说，这是情感到了极致的信号。《马赛曲》！我的父亲总是给我唱，战争结束之际，它是自由之歌。89 年！这首歌对我来说是有"意义"的，我是革命者一方的，我一直如此。"你们听，在（我们的）旷野上／残忍的士兵在咆哮／他们来到我们的臂膀间／屠杀我们的孩子，我们的伴侣／拿起武器，公民们！"如此盛大，如此磅礴，其实歌词并没有意义，重要的只有曲调，还有这声呐喊："武装起来，公民们！"

1988 年，总的来说还是令人满意的，就是媒体上太热闹了。严格意义上什么都没有发生。最好的时刻，威尼斯，苏联，还有自九月以来我身处其中的

"历史"，确切地说是 25 日以来，冬天到来的那天。已经有了秋天，还会有别的季节吗?

　　显而易见：客观上说，我们爱，或者不爱，与性相关的动作都是一样的。

1989 年

一月

1 月 1 日，周日

这个元旦，完全独自一人。很长时间以来都没有这样独自一人过的元旦了。1964 年，我从弗农[20]回到大学城，在八平方米里的宿舍里度过了一整天。但是，今天下午，埃里克和他的女朋友会来。无论如何，我不会因此而感到悲伤。今晚的梦：我拿着长柄大镰刀在田边走，年轻的男子在田里劳作。他们跟我要镰刀，我不愿意给他们。那是伊沃托的田野，十三岁时，是在那里我第一次坠入爱河。有个老工人对我说，他一个月挣两万法郎，我觉得和老师挣的比起来，体力劳动的报酬很高。梦里还有埃里克（也许我对他的前途感到担心?),人们在等一位主教,我很自然地加入了等待的队伍。梦里的一切都晦暗不明,除了那柄镰刀:惧怕衰老。但是我今年还没有跨入五十岁的门槛。

也可能我会给 S.写信,就像我经常做的那样——等他来的时候就能够看到信,我是不能通过邮局给他寄信的,就像不能给他打电话一样!有望写一部美好的小说——然而我知道我写的东西都像是撞到了一堵墙上。对于我写的东西,从来没有任何可见的回应,除了我给出的一些命令,例如"下次,你直接进来,不用敲门"。他真的照做了。开始的时候,在列宁格勒,在黑暗中做爱的欲望究竟隐喻了什么?他总是闭着眼睛,除了我用嘴抚慰他的性器时,他会直起身来看,如果我抬眼看他,他就会转过目光。是羞耻感?还是压抑?

1 月 3 日，周二

今天早上看了电影：他今天晚上会来电话，或者明天，然后说一切结束了。此时此刻我是如此确定这一点，以至于心怦怦直跳倒也是说得过去。一切可能的理由：太耗费精力了——很难见面——害怕我太黏人（比如说过于昂贵的礼物会让他感到尴尬）。我想到了这一切，因为我上次写的信鼓励他说出他心里的真实想法。他有可能会"迫不及待地接受"，就像在波美拉耶夫人[21]的故事里一样，就像在宿命论者雅克的故事[22]里一样。

我的整个人生都将致力于摆脱对男人的欲望，也就是说，摆脱自己的欲望。1963 年时，我对自己不停重复《圣经》里的这个句子："愿你听从我的命令，你的平安便会如河水一般流淌"，我却不知道这句话说的是我的欲望，精子如河水一般流淌。

1月4日，周三

今天晚上，一切都结束了，他不会打电话来的。我想要矜持，不要像那个周二一样一味沉溺。但是我感到害怕，我总是害怕看到自己担心的事情成了事实，自从十一月底以来，他的倦怠已经这么明显了，我是疯了才会相信他仍然热恋着我。我禁不住嘲笑自己：我就像那个六个月来一直给我写情书的姑娘，她的信我看都不看。而我自己却在给一个并不爱我的男人写情书。但是为什么要爱呢？他没有任何承诺，而我要的就只有美好。但再也没有美好了，因为什么都没有了。

1月5日，周四

十六点十分。他今天早上打来电话。说几分钟以后到。一如既往的慌乱，简直失去了理智，仿佛呆傻了一般等着回神。在快速买了东西回来的路上，我对自己说，假如我刮擦一辆汽车，并没有因此遭到逮捕，我都不会产生罪恶感。什么东西会造成罪恶感呢？缺乏欲望的生命太过匆促？究竟什么更加真实呢，欲望还是罪恶感？

十七点，他还没到。我对自己说他不会来了。我十六点左右就把电话听筒搁起来了，以免我们受到打扰。也许他想过要通知我。

十点半。我没有听到他到达的声音。他静悄悄地进了房间。所以我想象的一切都是错的？他仍然对我充满了欲望，他看到我很开心，我们做爱如此美妙。但是这次同样，他喝多了，晚餐结束的时候，喝了太多的威士忌。他第一次因为快感而叫出声来（事实上只是大声呻吟）。我们在一起做爱的时候，我可以肯定他没有别人，只爱着我。非常爱。接着，一天天过去，我的肯定便消散殆尽。这个过程和我经历考试一样，考试过去的时间越久，我就越来越觉得自己考得很糟，根本不可能过。

我想要走出这份疲倦，我希望自己从来未曾坠入其中：浑浑噩噩，只记得那样的动作，还有 S. 的撞击。在浴室里（他明确提出的肛交），在卧室里，然后又是在浴室里。他重新穿上衣服花了很长时间——他实在是喝多了——嘴里念叨着他那堆衣服的品牌，罗迪尔，皮尔·卡丹（我很容易解开的一条腰带！），鞋子也是皮尔·卡丹的。在欧洲的另一端，就像我一样，成了一个美妙的暴发户。出乎我意料，他很为自己拥有都彭[23]打火机感到得意，其实我应该料到的，而且我"知道"这一点，否则我也不会送给他这个礼物。他的妻子相信他的谎言吗？

他都不会解吊袜带。

1 月 6 日，周五

我理解这种想要用礼物包围我们所爱的人的愿望，就是为了彰显他属于我（普鲁斯特，《女囚》）。同时我也知道，这样做并不能拴住他，因为他只是因此感到扬扬得意，只是加强了他的自恋而已，这恰恰有违送礼物的人的初衷。而送礼物的人不够自恋。好吧，我爱他，竭尽我所有空虚的生命。

1月8日，周日

欲望是如何滋生，如何成为一种执念的呢。和他度过了一整夜，这是我当下生命的所有目标，为此我自忖还有什么不能付出的。伦敦的讲座我都不在乎了。

我在对 S. 的两种看法之间游移：有时觉得他是个年轻英俊的花心小伙，和一个智力上高于他、有时会产生嫉妒感的女人在一起（相当于我丈夫和我的翻版），有时又觉得他是个羞涩的小伙子，不想伤害自己的妻子，所以没有什么艳遇。他在爱情上的态度，他在某种程度上的青涩，都让我趋向于认为第二种判断是对的。但是我永远都不会知道真相，除非是从外部渠道打听到，但相比于另一个圈子（俄罗斯的圈子），可能在我的圈子里更难知道真相。

1月9日，周一

如此漫长的等待，而且我有一种预感，这个星期他抽不出一点时间来看我（苏联版权代理局的局长来访）。写下来是为了记住这些细节，固定住一些事情，但是也许不仅仅如此：从一开始，我就喜欢在别人面前倾诉自己。最好的情况是，我还能期待他周三打电话来（现在是隔六天）。

我的第一部小说起初叫《树》。很明显是阳具的象征。还有我在1958年最为欣赏的达里奥·莫莱诺 [24] 的歌，《一个坠入情网的人的故事》：一棵高高矗立的树／充满力量和温情／伸向未来的日子。只有我自己能看清楚自己的生活，而不是批评家。树。执念。

怀疑再度开启，觉得他有好几个情人。再者，我和他在一起，都不在乎是否会感染艾滋病。无论如何，此时此刻别人不复存在，再也没有别的男人。最重要的是，没有避孕药了：灾难再现？1964年的胎死腹中？四十八岁了，我可能不那么容易怀孕。

等他，脑子里塞满了各种念头（在哪里做爱，如何做爱，等等）不知道他会不会来。这样的深渊——在想象、欲望和真实之间徘徊——真是让人活不下去。

1月10日，周二

十点。今晚他不太可能再打电话来了。听了怒伽罗[25]的《塞西尔，我的姑娘》，是我怀埃里克时听的歌：二十四岁。我厌倦了时间，厌倦了这个已经消失了的我的形象，不过我已经无所谓了，因为我更喜欢现在的自己。但是那个我被包含在现在之中，和别的我一起，就像是成千上万的俄罗斯套娃一样。有个流浪汉在药品杂货店前对我破口大骂，他走过来问我要酒精，说是要烧东西（但实际上是想喝）："混蛋，烂货！"他不停地咧咧，一直在爆发。他咒我"被割喉，被烧死"。真让人感到不快，妈的……

自然，我明天不会去《周四事件》[26]的鸡尾酒会，因为他可能会在这个时间给我电话……

晚上十一点。他打来电话，也许他能来。他也不知道是什么时候……声音低沉，今天晚上尤其低沉，带有俄国口音，说"**好**"的时候非常洪亮，缓慢。我会去鸡尾酒会（很明显，我不会写这个词，因为我事实上很少参加），因为他已经打电话来了。

1月12日，周四

早知道还不如待在家里准备巴比肯学院（Barbican Collège）的讲座，而不是去鸡尾酒会。很无聊。巴黎式的酒会。记者比作家多（而且永远是同样一些作家，索莱尔斯[27]、比安西奥蒂[28]，等等）。今晚梦到了一间教堂，我想要进去。下到地穴就只能通过一条绳梯，对我来说完全不可能。教堂中殿，唱诗班正在准备，我犹豫了一会儿，还是走进教堂：祭坛上有只黑猩猩，接着它变成了一只熊。我走了出去，它跟着我，和我越来越亲热，但是我觉得它很可怕。没人能帮我摆脱它，尽管我一直在祈求。最终我还是做到了。似乎熊是俄罗斯的象征，可我不知道。但是熊与 S. 的确有一定的关联，S. 在西伯利亚遇到过熊，当时他在那里放浮木。S. 身上有盖伊·D. 的特征，金发（和他一样高，轮廓深陷的双眼，只是他的眼睛是蓝绿色的），他的嘴巴和路易·F. 很像。我应该工作了，但是我深受等待的折磨，想到这两天有可能见不到他，我的心里一片荒芜。

晚上六点。讲座稿让我感到十分厌烦，因为越来越看不到 S. 明天能来的希望了：我工作，但未来却得不到奖赏，什么都没有。要对文化冲突的机制做出解释让我感到疲惫至极，我从中得到的"荣光"还抵不上和 S. 在一起的一个小时。距离我们上次见面已经一个多星期了。除了确定下次约会的时间，我没有别的未来可言。只要这个日期不确定下来，未来就是绝对缺失的。

1 月 13 日，周五

如果就像星象所预言的那样，我的星座里有维纳斯，这可看不出来。我梦到我有个孩子，我将他抱在怀里，在栗园抱给所有的运动理疗师看。接着，我把他在一个桌上放了几秒钟的时间。嘶叫。我发现他脖子断了，他比我的一只手还要小。我知道他要死的。写下这一切的时候，我哭了，我知道我又重新经历了一次流产，仍然无法承受。

九点。我究竟要到什么时候才能够绞尽脑汁完成这篇噩梦般的演讲词？肯定要十点，也就是说，等到他今天再也不可能打电话说他来为止。

十五点半。我并不认为经历这样一个没有未来的爱情故事有什么**艰难**的地方。我誊抄了一遍我的发言，写得很糟糕。我不知道自己什么时候会再看一遍，但是**此刻**，**今天**，我想要见到他，我对他的欲望到了可怕的地步，直叫人哭。为什么他在周二要给我这样的希望？第一次撒谎。

我能够理解，有时候人会产生不再活下去的愿望。"黑色星期五"，就像那部我忘了叫什么的电影。接下来的两天在伦敦，也就是说，不可能有电话。实际上，真正**艰难**的，不是他回到莫斯科，而是他待在巴黎。

1 月 16 日，周一

伦敦。我昨晚九点来的，肯弗大道。先是地铁，在托特纳姆法院路站，仍然是布面的长凳，只是很脏，布面已经破败。我在东芬奇利站下车：高街上的桥，我已经忘了。我上了公共汽车，和过去一样，要求在格兰维尔街下车。但是公共汽车司机不知道

是哪里。他还是会停下来的。我看到右手边的游泳
池，这个地方我也忘了。伯特纳公寓也经过了改造：
门口就是厨房。似乎没有原来那么高级了，大楼，
还有街道，不再是印象里的高级住宅区，也不那么
时髦了（我当时是从伊沃托来，别忘了）。然而，一
片白色，千篇一律，令人厌烦：这将会是多么可怕
啊，默默无名，坐落在那里。接着是教堂：基督教
堂还是原来的模样，前面是长凳。再接下去，除了
伍尔沃斯大楼，别的商店已经完全认不出来了。电
影院没了，**小香烟店**（兔子商店）也不在了，还有
那间小咖啡馆，60年代的年轻人聚集在此，围着点
唱机，以及在喧闹声、感叹声中洗碗的眼镜女。她
只存在于我在1962年到1963年间写的那部没有出
版的书中。除了街道的样子，高街，一家变成烤肉
店的酒吧，一切都不一样了，尤其是商店。商店是
最不稳定的，最容易沧桑变化的（经济超过一切，
还是如此吗？）。我坐地铁返回伍德赛德公园，在这

条变化甚小的街道上，我在想，1960 年 8 月，我是不是就在旁边的那个公园里开始写作的："小马在海边舞蹈。"接着，一个姑娘起床，她和一个家伙（总是同样的故事，唯一的故事）在一起。这些马儿步履缓慢，沉浸在舞蹈之中，带着一种做爱之后的沉重。我记得很清楚……

昨天的漫步仿佛梦幻一般。唯一的事实，是我记忆中的 1960 年到 1961 年，其中一些画面被写入了《五点钟的太阳》中（五点钟的浓缩葡萄汁，我的前夫总是说）。参加研讨会的人都被扔进了博物馆，我到了北芬奇利，沉浸在过去的生活中。我并不是那么有文化，对我来说只有一件事情最重要，那就是抓住生活、时间，理解和享受。

S. 来电的间隔将会达到六天，而我们见面的间隔将会达到十二天。我不在的两天，似乎他也不会打电话。回到这里，在这个他可以来的地方，折磨又重新开始。

1月17日，周二

十点二十。他会来。今天夜里，我想这个故事中只有一个时刻是幸福的，那就是我们相遇的前一天夜里。"'死亡前的夜晚／是他一生中最美的夜晚'是谁的诗句？阿波利奈尔？[艾吕雅]"我真不理解我为什么会对 S. 有这样的欲望，这份在我即将听到他汽车声时的惶恐，这种美妙的、迷失的感觉。

下午两点半。他心事重重，好像很累似的，但是仍然充满欲望。令人费解：为什么他突然带上门就走了？赶时间？还是太激动？没有一丁点柔情蜜语，但是他的举手投足之间又是多么温柔，多么充满激情。（现在他会解吊袜带了。我之所以写这个，是因为以后，这个细节将会尤为重要。）两个小时来了两次，就像以往一样。他要离开一个星期，等他回来的时候，我要出发去西德。

我重新读了这两小节，同样的书写，没有断裂，一气呵成的蝇头小字。在两小节之间的时间，什么都没有他来得重要，只有他，肌肤相亲，欲望的深渊。写作又如何能道出这一切呢，都将留在文字的背后。然而，当他不在的时候，我也什么都没有。

1 月 19 日，周四

在环球书店，大家都讲俄语，突然间，我意识到，一切都是想象，S. 和我，我们彼此之间有光年之距，我们只是在列宁格勒相遇了，一个肌肤相亲的故事。但是不，这欲望是真实的。在一月底之前我见不到他了吗？也许 31 号能见一面？

想着也许应该趁这段时间忘了他。就好像是十月到十一月期间，得了膀胱炎一样，非常痛（当然都是因为他）。

1 月 22 日，周日

晚上。再一次度过一个无所事事的下午。在区域快铁上，一个小伙子盯着我。真是的，我有什么可以吸引他的呢？S. 那里没有一丁点儿音信。他打电话也没有什么意义，因为他也不能来肌肤相亲。他不知道要给"音信"。渥伦斯基，而且是在马克思列宁主义中成长的渥伦斯基，先是共青团员，然后是共产党员。完完全全的实用主义者。但是一想到他光滑的身体，莹白的肌肤，想到他的面庞，我就禁不住流下欲望的泪水。

今天早上，在往巴拉尔站方向的奥贝尔（Auber）地铁站，有个男人坐在台阶上，脸埋在双手里。只能看见他的一头灰白的头发。一个盖碗里放着一些一毛两毛的硬币。我给了他十法郎。祈祷 S. 能从南方给我打电话来。这会儿他应该在安德烈·S. 家。但是对于"这个"的期待又能怎样呢，这根本不在我的掌控之内。施舍遍全世界又能怎样……

1 月 23 日，周一

梦见了母亲的棺材，我想要在棺材上放满鲜花（这一简述无法真正描绘出梦境——**讲述**梦真的非常非常困难，梦是无法成为叙事的——只有真正的写作才能还原梦的场景）。她才死，我知道，我也会有这样的一天。

这个日记应该有两栏。一个是即时的，另一个则是几个星期之后阐释。要留出很宽的栏间距，因为我可以进行多次的阐释。

1 月 24 日，周二

重读这些日子的日记（最后几页），我倍感痛苦。或许，他从我和他讲述的分手故事里得到了启发？也要如法炮制？我和他说过我和 P. 分手的故事，就是趁着 P. 去纽约的时候。那天，他突然夺门而去，或许就是因为离开一个永远都不会再见的人，感受到了

些许的情绪，尽管是已经下定决心不再见。我担心我
从西德与俄罗斯—美国女作家活动日回来将会很辛
苦。如果周六晚上他不来电话，肯定是很糟糕的预
兆。我又一次患上了这种奇怪的，并非真实的膀胱
炎，非常痛苦，毫无办法。

1月26日，周四

位于汉诺威市政厅的这间蓝色的房间让我想起
1985年，在里尔的房间。远处传来汽车的声音。也
让我想起罗马。多么奇怪的印象。孤独，无论在哪里
都一样。所有这些彼此叠加在一起的房间。

1月28日，周六

从西德回来。在那里我倒是并没有感觉到痛
苦。距离返回巴黎的日子越近，又一次处在等待与欲
望之中。然而，就好像我已经接受了似的，比如说
接受了今天晚上他不来电话。明天，他也许会去伊

莱娜家，我感到很可怕。可怕，是因为明天所有的那些女作家，我当然会感到嫉妒。雷吉娜·德弗日（Régine Deforges），丽娃（Rihoit），安妮·科恩-索拉尔（Annie Cohen-Solal）。法方的这些女人都很漂亮。俄方那里，按照惯例，都是些上了年纪的胖女人。至于美国人，很难说。

汉诺威教堂突然有种布瓦吉博城堡[29]的味道。在慕尼黑博物馆，有一幅米勒[30]的画，画的是乡间场景：一个母亲跨过门槛，抱着一个光屁股的小男孩撒尿。一个小姑娘在一旁聚精会神地看着。这就是我童年的场景，当然不完全一样（但是好奇心是一样的）。那是我差不多十三岁的时候，我从屋顶的窗户里看我的婶婶给一个小男孩把尿，旁边也有个小姑娘，也许是我的表妹弗朗塞特（Francette）——女人托起小男孩的小鸡鸡——小姑娘们的好奇心总是那么强烈。而在米勒的画笔下，显然场景是真实的，但是有点平淡。

有位叫冯·高（Von Kaug）的画家笔法就夸张多了。巨幅的最后的审判，有个要下地狱的男人抓住自己的胸口，我们能够看到他留在肌肤上的血迹斑斑的印记。

他忘了我吗？（多么虚假的言辞。当然不是，严格意义上他没有忘了我。他只是不再需要我，这样说更加正确。）

1 月 29 日，周日

下午两点半。打算去伊莱娜家，但不知道他会不会在（如果没有电话，多半是在的）。与他不期而遇，对他有可能展开的新恋情一无所知。在所有这些女人面前，当然，这些女人彼此厌恶。伊莱娜，就像是维尔迪兰夫人[31]。而且，到时候会有乐队，演奏俄罗斯音乐。四重奏或是七重奏……一首奏鸣曲？重现普鲁斯特的场景，这很奇怪。而 S. 变身为阿尔贝蒂娜……

十一点十分。上述的场景没有发生，除了一群无聊的人，几乎全是女性。他没有受邀。我有点泄气。他知道我昨天晚上回来。没有电话，甚至今天晚上我不在家的时候，他也没来过电话。

1 月 31 日，周二

正在我准备好把所有的迹象串联在一起，证明他已经下决心和我拗断的时候，他打来了电话。他五点钟来（我有点担心，如果这些油漆工还在，他会犹豫要不要进来，很可能是这样的）。欲望如此强烈，我无法工作，就只是批改了作业。

晚上九点，他才走。如果可能，我会比以往更加消沉。当我问他是不是有了新情人，他笑了，笑得几乎有些孩子气。最美的一幕，是在扶手椅上，我知道他一直好这口，半裸着躺在上面，我跪在那里，慢慢地抚摸他，吻他，从头一直吻到他的生殖器。我还知道，正是因为他是苏联人，我才爱他。决然是个谜，或许有人会说这是异国情调。为什么不呢。我被一颗"俄罗斯的灵魂"迷住了，或者是被苏联，在地理上、文化上（过去）如此相近，又如此不同（和中国或者印度不同，因为这是完全的他者——这话是否有点种族主义？）但是是什么时候，现在吗？Kagda[32]（下一次相遇）？然而他可以不带妻子去布鲁塞尔，我相信他会这么做的，他担心我太黏他。看得出来。

在他来之前，匆忙，对物质层面发生的一切都无所谓（例如说打碎某件珍贵的物品），也不在乎必须做的事情（写信，等等），因为一切都抵不过欲望。以前，重新回到现实中的时候，我是清醒的、悲伤的，对于这份匆忙总是感到惊讶，因为它将我带向了虚无，因为得到满足的欲望总是坠入空虚。现在，我接受这一切，我甚至能够享受这两种截然不同的时刻。我看见欲望的时刻，线性的，我也看见欲望消失的时刻（我一个人，整理东西），漫无目的，混乱（最好的证明，就是我在这里写下这一切）。清楚地知道是一种巨大的力量，同时也是一种享受。

二月

2月1日，周三

我在厨房的时候，他在喝威士忌（已经取代了伏特加的位置，成为他的最爱之一）。我母亲也喜欢做厨房里的事情。做奴仆的精神（在我身上也有）。为什么和我在一起的时候他喜欢，并且需要喝酒呢？无论如何，我也不讨厌，所以他更加大胆，"无需面具"。我又怎么能够忘记那个时刻，当我解开浴袍，准备好爱抚他的时候，他陷在扶手椅中露出的笑容，他露出细碎的、有点残忍的牙齿，这是他感受到强烈幸福的标志：这张一切毕现的脸。我的高潮也是他幸福的来源，总是能够让他很兴奋。上帝啊，我们需要时间才能够学会爱，需要时间来了解另一个人的身体。女同性恋选择的是捷径。

2月5日，周日

他打来电话，而且打了很长时间！他竟然没有两分钟便挂掉电话，我感到非常惊讶。我偶然对他提及我们对美的看法不尽相同。说我们之间是有差异的。[究竟是什么推动着我去挖掘这种差异？] 他回答我说，我们之间也有共同的地方，而且很多。但是他影射的是什么？我猜只是性。我们都有做爱的强烈欲望，又或许，除了这个之外，我们在政治观点上也有相同之处？再或者，更加普遍一点的，我们的相同之处就是法国人和俄罗斯人的相同之处？

他明天去布鲁塞尔（我真想陪他一起去……），他要周五才回来，我正好三年前去过布鲁塞尔，也是在寒冷的天气，所以我多想和 S. 再一起重新去看看。那个女人，他的妻子，真让人失望。她应该不喜欢做爱，所以为什么她还要黏着他，他走到哪里她就跟到哪里……（这是我和菲利普在一起时的态度，就像跟着园丁的小狗）。我在电话里对他说："我想要你。"他应了一声"啊！"不无尴尬。非常奇怪的对话，我让他听到了不应该说的话。"我最好对你说出来，是不是？""是的"，他回答说。"是什么？是应该说，还是不应该？""应该说出来。"但是很显然，他是第一次在电话里听到这样的话。也许他在等着我挑起一段色情的对话（这还要再看看）。

和他说话比沉默还糟糕，我总是在衡量，在再次接近他之前，需要度过怎样的难关。欲望和痛苦深深地印刻在我的生命中。这难道就是激情吗？连我自己都不确定。因为经常（哦，不是经常，是有时），我觉得他和我开始时在苏联看到的时候一样：一个很英俊的小伙子，没什么心机，一心只想着怎么讨党领导的欢心。

2 月 6 日，周一

让人感到吃惊的，是我在我们的这个故事中经常会弄混时间顺序，我们感情的时间顺序，我们关系发展的时间顺序，以及外部事件的时间顺序。因此，我想起爱洛伊撒·福莱尔的展览开幕的那一天，总觉得我们的关系在那时已经开始走下坡路了，我记得那天我非常难过。然而，实际上那是 11 月 17 日，正是疯狂之夜后的两天，就是车子打不着火的那个疯狂之夜，离伊莱娜家的晚会还有好几天。真正重要的不是我们关系发展的**事实**，而是我的感觉，我可能有点难过，于是我只记得了难过。在马赛……在科尼亚克……在拉罗谢尔……其实只有在里尔的那天，10月 1 日，我真的非常难过，因为深陷在欲望之中。

2 月 10 日，周五

梦到了他。梦到他有三次，之前从来没有过。意味着什么？是不是预示着疏离和恐惧？他成了某种我已经失去的东西，我不那么痛苦了。对于一切我都不感觉那么痛苦了。例如对于他的沉默。"我回来后就给你打电话。"但是他真的理解"就"的意思吗？不管怎么说，他应该是昨天回来的。多米尼克·L.和我聊过哈瓦那：有小小的夜总会，夜总会里一片漆黑。大家吃饭，但不知道吃的是什么，夜里熄了灯光，看不见脸。接着我就问自己，整个下午，整个晚上都在问，S.驻古巴的时候有没有去过那种地方。因此，我所想象的具有弗洛伊德阐释的那面——比如他对黑夜的趣味——就会追溯到 1975 年，他在古巴的时候。我想要知道。而对我们的故事一无所知的人会不由自主地教我一些东西。（多米尼克·L.应该是觉得我对他的话题非常感兴趣。的确感兴趣，但不是他想的那种感兴趣。）我在两种欲望中纠结，一种是希望和S.再现他在古巴的一切（在夜里做爱，关掉所有的灯），另一种欲望是教会他光的游戏，看着他的身体，看着他的动作。

于是，写东西让我再一次充满了等待，对他充满了欲望。维持欲望。弗朗索瓦·密特朗说："青春，就是面前还有大把的时间。"

晚上九点。他八点十分打电话来（因此有了这几页纸）。我不再知道"我相信是这样的"这一表达是否还有什么意义。我所处的世界中，现实可能最终和想象一样不可靠。他确认周二来只是消解了我几个小时的欲望。

2月12日，周日

我上面所写的不太准确：欲望很快就回来了，如此纯粹，让我无法继续工作（或者是我想要保有这份欲望，所以我不再工作？）。害怕他来不了，从周五晚到周二还有太多时间，可能会发生很多事。他的声音，他略带梦幻地说"是"的方式，有一点拖音，俄

罗斯口音，可在我看来，就是梦，是温柔，而他有些
词的发音正相反，太快了一些，比如他说"你在做什
么"，就太过干脆。他是苏联人，而这一点说到底有
种无法简约的美。

2月13日，周一

下午四点半后，我突然有种恐慌：怕他晚上或者
明天早上打电话来说"我不能来了"。于是我会去卡
洛斯·福莱尔的展览开幕式，我会有时间写完我的文
章，于是我会绝望得发疯。明天是情人节。所以，我
想象着他或许宁愿和他妻子共进晚餐什么的。激情仍
在。但是要清醒得多了。但是梦……就像我在报纸上
读到的这一段，"如果您在四十岁后，因为某种特殊
的体质有了孩子……"我简直要哭了，就好像他真的
会打来电话"退订"。更倾向于灾难想象。（在我生命
中是从什么时候开始的？）

2月14日，周二

夜里我醒过来，想起曾经二月的这一天，是个周一，我和威廉姆·R.有约。结果他没有来。我闺蜜（！）说："他放了你鸽子！他肯定是坐在咖啡馆里，看你经过那里！"我已经记不起那天早上，我充满希望地出发去赴约时心里是怎么想的。只记得图书馆旁边的那条街道，灰蒙蒙的。我二十岁。现在我四十八岁了，我不会被放鸽子——他会通知我的，我成了一个被"通知"的人。然而对我来说，总是同样的恐慌。害怕他不来，或者他来，害怕迎接这个时刻，他即将到来，现身，开始的动作，害怕从一个世界过渡到另一个世界的这个短暂时刻。我梦想着能有一种永不终结的欲望，不需要结论，然而结论是不可避免的，同时又是必需的，是欲望的高潮。

但愿他今天能来，在这阳光灿烂的周二，蔚蓝的天空，那么美，**事后我想必会觉得简直难以相信**。

六点差一刻。如果他不来呢？就像1961年的二月那样？那一次，我当然是和对方断了。那这次呢，如果这样，我怎么办？太阳沉下去了。我一天都无所事事。

十一点差十分。他走了已经四十分钟了。整理房间。对这一切感到绝望，我是说，如此幸福，却又可能会失去。愚蠢的生活。在一起整整四个小时，比以前都要快，也许是因为习惯的改变：我们待在楼下的客厅里，开着电视。长沙发显得更加亲密。他任由我欣赏他的身体。和以往一样，他有点醉。不再有所谓的观念。瞧，我疯狂地爱着。我和他一起看了《恺撒与罗莎丽》[33]，1972年夏天，我和菲利普一起在日内瓦看过的电影。已经过去了十六年半的时间，而此时，我和 S. 一边做爱一边重温。电影似乎非常老，和我的过去有所关联，除此之外，毫无价值。S. 真的是从"关系"和"情妇"的角度思考这部电影。这种疲惫，这种分离的痛苦，做什么都无法减轻的痛苦，除非是更加频繁的见面，但后者又是不可能的，因为我住在塞尔吉，而不是巴黎。由于他不知道情人节，所以这个日子也就不具有任何价值。只是一切很美好。而我脑袋里只有一个念头：很快就会结束了。真可怕。

2月15日，周三

梦，噩梦。尤其是这一段，我必须走进一间"黑屋子"，有人会给我打上一针，然后一切就都终结了……今天早上，我对自己的手臂感到很厌恶，手臂内侧已经失去了光泽：接着就会变粗，皮肤会松弛，然后覆满了橘皮组织。他不停地重复说："能够出现在你的心里，我感到很幸福"，但是这意味着"而不是出现在你的书里"，因为他在乎的只是这一点。第一次，我看到了自己的无能为力：活着，不能写，只是等待约会，而约会就是可怕的坠入死亡的过程。在四个小时里，我看着时间飞逝，看着生命以极快的速度飞驰而过。写作却正相反，是时间的不在场。然而，我向往能和他度过一整个夜晚。我已经不知道我为什么要学俄语（疯狂，俄语太难了），为什么要给《欧罗巴》杂志写关于苏联改革的文章，为什么，尽管我写了这个，我和他的联系却并不存在。

2 月 16 日，周四

早上温度计显示：37.2 摄氏度。恐慌，脑袋空空如也。其中的意味非常清楚，我昨天，更确切地说是前天有过性生活，那正好是我的排卵期（而他碰到我乳房的时候，我感觉到疼，这也是一种指征，但我当时竟然还没有意识到）。昨天夜里，我疲倦到了可怕的地步，这意味着什么？我在词典上读到了这一描述，"子宫颈易渗透"，精子密集地，不可避免地穿过，我一方面为之着迷，一方面又在此为这盲目的现象感到深深惊恐。要在恐惧中度过九到十天，和过去一样，二十年前。我究竟有多么不希望这一切再次发生？但是我已经下定决心，等下次月经来了之后就重新开始吃避孕药。当然，如果月经还来的话。

2 月 19 日，周日

周五，在巴黎的时候，腹部抽痛，确信自己"中招"了。接着我恢复了理性，我对自己说，这种无意识不至于影响四十岁后就基本上没有什么反应的身体本性。似乎四十岁之后怀孕的概率是四十五分之一。因为这个，我却很少会去想 S. 的反应，我在想，暗地里，我期待于男人的，并不是让自己受孕——这和一条母狗没有分别——然后到头来我中招之后，再冲着他龇牙咧嘴。

2 月 20 日，周一

无论如何，他已经六天没有音信了。如果到了七天，最多八天，没有任何理由，比如出差什么的，这就说明我们的关系进入了冷淡期。昨天晚上，再次感到很难过。想象着他的身体，一直在想他的小酒窝！那一天发现他的下巴上有个小酒窝。**看不见——**都和一个男人睡了，竟然没看见这个。但实际上，这样很好，是相信想象，是酒窝还是疤痕又有什么重要的呢，看不见就意味着激情。刚才突然想到我从十六岁开始就一直没有停止留下的痕迹，我的日记。

2 月 21 日，周二

时间节点已经到了：今天，已经整整七天。非常难熬的夜晚，意识里模模糊糊地有一种绝望。想要结束这一切，这个已经散落的故事。比如说，周五不去参加苏联电影放映会（我还没有回复）。我也意识到了自己的疯狂。不再继续这个故事。我能做到吗？

十点。他从公用电话亭打电话来。现在，根据时间，我知道是**他**。下星期之前都不可能。永远是同样的话，"你好吗?"——"是的，你呢?"——"我很好"，等等。

2月24日，周五

昨天晚上，他打电话来了，但是我不能接待他，埃里克和大卫在。今天晚上是放映会。他的妻子不在，"她身体有点不舒服"。像往常一样，他的话没有什么特别的意思。除非是指她怀孕了……和他坐在一起看了部苏联电影。只是抚摸了他的手指。我很快就回来了，带回了背景音乐的磁带，《埃塞俄比亚之歌》，我明白了，我想起了十八岁时"生命的怒火"，这种深深的绝望，而今天晚上，四十八岁时还是一样。而且是为了一个男人。当我在大使馆的大厅里看见他，我觉得他是那么微不足道，一个英俊的男孩，就这样。我重读了《安娜·卡列尼娜》。

今天什么也没有做（要写关于苏联的文章，让我感到焦虑）。我在欧尚超市买测孕纸，非常不愉快的经历，因为没有说明书，所以我就冒昧地去退货。柜台的小姑娘大声嚷嚷道，"是要验孕吗？"于是她侮辱性地给我开了张取货单，上面写着"重力验孕测试"，打发我到中心柜台去取。因此，我便没有付钱。我还要等等。明天要去鲁昂，周日，那个德国胖女人。周一，总算他能来了。什么样的生活啊，然而我还是踏上了巴黎—蓬图瓦兹的高速公路。A15 公路，这几年成为我无尽的快乐和痛苦之路，无与伦比。1984 年夏天，1988—1989 年冬天。婚姻的严寒岁月。

我们交换的是梦想和欲望，他和我，这是完全不同的。

2 月 27 日，周一

十七点三十五分。等待。回忆起五年前，妈妈就是在蓬图瓦兹医院，她再也没有回到我此刻在的这个地方。很快，S. 的车子就到了，然后便是这导向死亡的开始（我没有怀孕）。

二十二点三十五分。怎么说呢？似乎我得到了宽恕，因为和 S. 在一起的这个夜晚是如此激情澎湃。五个月后。对新的欢愉的发现（但仍然是那个我……）。我完全没有了思想，沉醉在肌肤之亲和柔情蜜意之中。我们一起模模糊糊地睡去，电视开着。他喜欢一切能够彰显他男子气概的，还有能让他自恋的（让我从后面爱抚他，他看着我的手，却看不见我的脸），发现色情，色情的可能。

2 月 28 日，周二

节日的第二天。整个晚上都在做梦。我无法摆脱那些既准确（我上面所描写的那些）又模糊的记忆（我感觉一直停留在他的怀抱里，整整四个小时，除了这当中有短暂的时刻起身去找吃的，或是做咖啡）。如此动人的俄式短裤，还有同样质地的白色针织衣，和在列宁格勒到莫斯科的火车上的那些男人一样。

十点半。写关于苏联的文章，比什么都糟糕。除了说某一个晚上，在列宁格勒一间简陋的、盥洗盆甚至都没有塞子的旅馆房间里，我坠入 S. 的情网之外，我能讲出什么真实的内容来吗？

夜晚。整个下午，眼前反反复复的就是这两个场景。他斜靠着，看着我爱抚他的手（我从后面抚弄他）。我感觉到他找回了少年时代的感觉，也许更早，某种幻觉。能够让他重新经历这一切，和他一起进入他的童年，我感觉很幸福。另一个场面：我父亲躺在床上，是他去世前的两天。脑袋歪着。人们面面相觑，我们看着他们？女人扮演启示者的角色，照顾他们，是他们的欢愉之母。

三月

3月2日，周四

在做爱之后，我是真的醉了，因为这一切都是和S.一起经历的。第二天，甚至昨天——只是不一样——我的脑子里充斥着色情场景，久久不能摆脱。直到今天，我的脑子才稍微得出点空来。然而，是不是这份醉，这份爱情会留下痕迹，会在心理上留下印记？

昨天晚上，他打电话来，额外的奖励（什么词呀！），对我而言十分甜蜜——距离我们上次见面不过两天时间（是感谢的表示吗？也许——用俄文来说，就是 *mojet grit*——也许做不了别的，除了对这肌肤相亲的记忆——但是我呢？）我知道他最大的欲望，是我出一本书，而他还在，这样他会为我感到骄傲，也为他自己感到骄傲。

3月5日，周日

我又一次感到很不舒服，有些神经质，不知道该怎么完成这篇关于苏联的文章。也许是因为我怀疑别人的判断，或者也许对苏联的改革，我说不出什么新的内容，除了已经说过的。再说，他从来不打电话来，但是这样也很正常：我是他生活中的一段色情插曲。而在我的生活中，我能不能说他是别的呢？但有时真是美啊。只是星期一才发生的事情，星期二、星期三仍然萦绕在心头，怎么今天竟然会没有一丁点的怀念、一丁点的回忆呢？

关于这篇文章：一直在和什么也不想写的念头做斗争，因为我已经看到了应该写的一切。我无法想"时间进度表"这样的事情，也就是说，用词语、句子的缓慢进程来填满时间。我没有耐心。

3月6日，周一

很难过。今天晚上，我没等到他的电话。十一点，我想读一会儿《安娜·卡列尼娜》。关于苏联的文章勉强开了个头，我终于明白写作也可以有另一种意义，起到移情的作用。第一句话是："因此，我又一次来到了莫斯科。"这句话是我**此时真的**想写的一句话，不是用来写过去发生的事情，就像这句话眼下真实地存于我的文章中一样。在此刻写下欲望。不总是如此。

当然，一个星期前，我对他的欲望十分有把握。可只需要几天的时间，可能就会遇到别人（指的是他）。到时候，这日记就会成为从一端到另一端所发出的激情和痛苦的叫喊。

3 月 8 日，周三

残忍的夜（与晚间）。根本无法入睡。掉入深渊，也就是说，意识到根本不被爱，或者说可能被分手，意识到这将带来多大的痛苦或已经带来多大的痛苦。我还答应为这个甚至不再给我打电话的男人写一篇文章，想起来就觉得恐怖。只要事关男人，我一如既往的疯狂。

他八点半打来电话。发现一种微不足道（这个词的字面意义）的声音，对我的生活而言竟然具有如此重要性，而他没有意识到，我感到非常惊讶。可能是周二。我："如果你不能先于……"他："这可能会有点麻烦"（等于"这是不可能的"，我竟然会翻译苏联的语言）。

3月9日，周四

周二不可能，因为埃里克要考教师资格证。早上八点的时候，已经是一个暗淡的上午了。自然，我不能通知他。很快，我们已经三个星期未能谋面了，这一切对我而言就只有连绵不断的痛苦，或是冷淡下去，就像从1986年开始，两年里一直主导我和P.的关系的冷淡。昨天，我又看见了在巴黎大街上游荡的那个自己，对什么都没有兴趣，毫无生气，步履沉重。一本悲伤的记录本，只有少数地方闪现出一抹欢愉的亮色。

3月10日，周五

阳光灿烂。我是一个人（但是我的痛苦和幸福都与我独自一人的女性生活状态联系在一起。如果不是这样，差不多就只有烦恼和嫉妒，不管是处在婚姻中还是同居。）所有经过我身边的标致405或者505都会让我想到，S.就是这样一个人：一个开着大房车的家伙，善于钻营，自恋，而对他来说，我不过是一个作家，也是个漂亮女人，当他想来看她的时候，能够引起他的欲望，让他得到快活。连绵的，潜在的痛苦。如果他周一前不来电话，我们也许一周都见不了面。

3月12日，周日

大选。我上一次投票是10月20日。从个人的角度上来说与现在是多么不同啊。我非常悲观，也就是说，已经做好准备听到（等于确信会听到）雅克·布雷尔（J. Brel）[34] 在不知哪首歌里唱到过的，关于归来的模糊允诺。这篇关于苏联的文章让我痛苦至极，但是真的什么**都不做**，难道不会更糟吗？他者绝对的自由是可怕的，羁绊也一样。他今天晚上会打电话来吗？

十一点。还是没有电话。一切都变得空前得艰难，改作业，学几个俄语词（又有什么用呢）。对自己说，他完全谈不上是知识分子，一个因循守旧的人……毫无用处，而且我也不是因为这些才对他如此迷恋，而是因为难以定义的肌肤之亲，如果匮缺就会难过得要爆掉。

今夜梦到了我的母亲。我们俩在一列火车上。她不再疯狂，是她以前的面容，七十年代末。我不知道这个梦是不是对我现在生活的安慰。

3月13日，周一

我终于快要写完为《欧罗巴》杂志写的文章了，因为我对苏联唯一能说的真话，就是它对我而言依然神秘而充满魅力。剩下的就是人云亦云了，言论自由，斗争，改革的不确定。早上我不无恐惧地醒来，想到我究竟在什么时候之前再也见不到 S. 了？他今天晚上最好不要给我电话，这样我就不用和他说明天见不了面（埃里克和他的教师资格证）。我胃疼，肠绞疼。因为什么？

在他的眼里，作为作家我不具备任何特别之处（他真的无法理解我的作品究竟代表了什么，也不知道它们在众多法国文学作品中的坐标何在），总之和其他作家没什么分别，也就是说，任何一个女作家都能够替代我，在社交场合都是一样的魅力。这本簿子用完了，我也快读完《安娜·卡列尼娜》了，我害怕一段痛苦的关系，比我从十月以来所体会到的还要糟糕。没有任何幻想，他会慢慢地抛弃我。或者是我引导他坦白。在我们整个故事中，除了第一次，都是我安排好一切。

十点半。他六点钟左右打来电话，那会儿我刚好不在，然后就没音信了。我的快乐渐渐消散了，直至确认一点：他给我打电话就是为了告诉我明天不能来。我再也不能在这种痛苦中生活下去。等到他再给我来电话的时候，我会把分手的权杖递到他手中。我觉得这十天以来——也许时间更长——每天晚上我都处在崩溃之中。似乎几天前的那个夜晚已经非常遥远，不再真实。

3月14日，周二

睡得非常不好，喉咙疼。不想再去看我的文章，已经写完的、毫无用处的文章。我沉浸在恐惧之中。

电话铃声，是油漆维修工……这样怎么**生活**？在我看来，分手不可避免，或者说，这个故事必然以这种方式结束，这个如此美丽，开始得如此完美的故事，要如何继续生活下去呢？

十点半。他打来电话。汽车在维修。突然之间，秩序就恢复了，我知道这并不真实，是虚幻的（他并不比来电之前更加爱我，我需要把这篇关于苏联的文章打印出来）。但是也许我终于能睡着了……

3月18日，周六

我读完了《安娜·卡列尼娜》，最后几页非常高贵，走向死亡，伴随着内心独白。

没有他的任何音信。昨天晚上，在床上，半梦半醒之间，我满是泪水，我也宁可去死，只是没有这样去做。有一个令我心惊胆战的画面，我看到他和某一个代表团的女人跳舞（就像我们在苏联时一样），我被排除在外，总是同样的故事（而我为此痛苦不已，和菲利普在一起的时候，每每他晚上不回来，这简直就是地狱？或者，当时也不比现在更糟糕？只是一样而已？）我回忆起在波尔多的房间，发现了床单上的血迹，那是那个姑娘第一次的血迹（是叫安妮吗？我也忘了），我的痛苦。1964 年 2 月。不管怎么说，什么样的故事啊，这段婚姻，和菲利普在一起的生活，仅仅是建立在我内心世界的缺失之上，我需要一个男人，尽管这个男人并不爱我。因为 S. 也不爱我，他从来没有爱过我。而在他身上，我所爱的，是他的青春，是始终让我感到迷恋的，并且现在构成了世界大问题的苏联。他四天前才打电话来过，一种永恒。我想起了周二那天，我在塞尔吉-维拉日的花店里，准备给舞台剧版《一个女人的故事》里的女演员送花祝贺，我想着他还没有打电话来，那时我还对夜晚即将到来的幸福一无所知。然而，就像这通电话并没有发生一般，它只是我绵延的痛苦中微不足道的一个小插曲。没有智力上需要应对的事情只能更**糟糕**。

3月19日，周日

他下午五点三十分打来电话。有什么东西落下了，就像是我上演了数天的想象戏剧终于落幕一般。等待——平静的等待——开始，还有害怕，害怕看到他有一点点冷淡、疲惫，或是欲望不再那么强烈，上一次是如此美好。然而，这段关系的荒诞性，它的"偶然性"却是如此显而易见。是什么把我们联系在一起？我，是空虚，我知道。他呢？

3月21日，周二

昨天是春天。此前三个星期未能见面，这却让我更加理性，或者说冷静下来。他的面孔在我看来变得平庸了，他赞成苏联的死刑，赞成苏联反同性恋的立法，等等，简直让人难以忍受。然而，我仍然十分迷恋他，今天早上，我订了他想要作为生日礼物的那本书。瘦削的身体，缺乏雄性气概，却是如此动人。在我们不再彼此欲求之前，我们会共同度过今夜吗？他答应我，会邀请我去使馆的电影放映会，我很高兴，就像我们习惯说的那样……

3月24日，周五

今夜的梦，我说了这句话："在我的生活中，性总是伴随着某种恐惧而存在。"自周一以来，我一直处在幻灭中，缺少激情，确定他一点也不爱我。接下去，我没有办法以一己之力，伸出双臂维持这个故事。他仍然萦绕在我的脑际，但已经不像以往那么炽烈，不再是那么疯狂的需求。

今天去了达吕（Daru）街的俄罗斯教堂。再次看到这类教堂的建筑结构感到很震惊，空间封闭，狭窄，还有那些圣像。接着，当然，还有雅克玛尔-安德烈（Jacquemart-André）博物馆的俄罗斯风俗展。

3 月 26 日，周日

雾，正在盛开的玉兰花影影绰绰。复活节。就在六个月以前，我还不知道，我会在凌晨两点钟和一个苏联人陷入一段情感故事，我以为那只是一夜情，只是"做一次"而已。粗俗从来不会将我从任何事情中解救出来，玩世不恭也不能。比最浪漫的少女还要浪漫。现在怎么办呢？接受现状，开始禁欲（做爱越来越少），或者以我一贯的方式分手？我也不确定他是不是还想见我，他是如此实际，甚少浪漫，他会说："如果她不愿意，那就算了。"而且在这点上他非常虚荣，就像他在社交生活中一样。（他随身携带阿兰·德龙的名片！）为什么我总是会如此迷恋这些自命不凡的男人呢。

3 月 27 日，周一

难以忍受的梦，是最难以忍受的那种，孩子的死亡，大卫。接下去是一个被当作现实的梦，也就是说我在这个梦里意识到第一个梦是个梦。一场火灾，警报及时响起，而我正好在一间房中试内衣。我打窗前经过，看到正在疏散的人群（事实上并没有人在火灾中受难）上了一辆大巴。他们看到我穿着内衣的样子。我想的是这些人都一个样子，就像橱窗里的俄罗斯套娃。在这两个梦中，我的父母都活着。这种代际的传承时刻萦绕在我的脑海中。（自 1964 年我堕胎以来就是如此。）

四月的恐惧。一本簿子只能用上五个月左右的时间，这对我来说还是第一次。在 1963 年的时候，我都没有打破这个纪录。我只是想说我分析得越来越多，越来越习惯把这些记下来。但是这一切都无法作用于执念的力量。

3 月 28 日，周二

晚上九点。热得已经俨然像夏天了。我印象里的三月从来不曾这么热过（哦，不，1961 年似乎有过）。他已经八天没来电话了，间隔又多了一天，而我带着一种已经习惯的痛苦看待这一切，毫无办法，因为我还没有下决心和他拗断。但是也许他恰巧决定要慢慢地和我断开。周四，如果他不出席使馆的电影放映会呢？或许他不知道我要去？我什么也不想干，关于"政治"的文章对我来说毫无意义。今天早上，在蓬图瓦兹的圣母堂，我踩在一块表皮干枯的树根上，于是我跳了一小步。这让我想起列宁格勒附近的夏宫，地下埋藏着喷泉，不注意踩上去的时候，水就会淹没你的脚面。自上次从苏联回来之后，我还从来没有想起这个场面。有一天，我可能会再次从列宁格勒归来，就像我经常去威尼斯然后回来一样，但是到了那一次，我应该已经是个老妇人，不知道俄语里"tempo fa" [35] 怎么说。

在开始用这本簿子时，我想欲望的终结会是一个渐进的过程，但是，一切就这样猝不及防地发生了。

现在呢？我无法走出这段激情。我需要比我现在纠结的更加明确、更加干脆的信号吗？孤注一掷，干脆写一封分手信？不时地我会有一种感觉，那就是 S. 和菲利普一样，在他们身上碰到的都是一样的软钉子，一样的冷漠。你要离开我吗？好吧。

分手信将成为终点。这就是为什么我没有勇气写。

九点四十。他打电话来，我们周五见面。我疯了吗？不。

3 月 30 日，周四

已经是夏天。我去了苏联使馆，我会见到他。我喜欢的是张力，欲望，讨他的喜欢。被爱，被爱，我知道这是不可能的。

晚上。一连串的失望。他是"值班外交官"，不能参加电影放映会，不过他还是答应来找我。但是，黑暗中他没看到我，于是又回去了。明天他也来不了，可能周一能来。这份在众人面前的谨慎和冷漠。今天晚上，我没有"见到"他，也就是说，我见到的这个人，我无法想象和他做爱的样子。然而，回到家里，我是多么想要他，正是因为他的这副冷漠、有所保留的嘴脸，一副官方的样子，我才更想要他。现在，他已经很好地接受了萨哈罗夫，也许很快他会接受索尔仁尼琴[36]？

这本簿子中会出现什么？我想要继续保有 S.，继续写下去，可能吗？梦想：和 S. 在莫斯科度假，莫斯科，和 S. 在一起"谈得最多"的地方。

四月

4月3日，周一

二十五年前，我到了圣马克西姆[37]，埃里克就是在那里的拉波斯特（La Poste）饭店（？）怀上的，我仿佛又看到了那间房，我回忆起那时的一些对话。（我说:"我们是汽车上的色情一族",他回答说:"啊,好吧,有人在床上做,我们在汽车上!")我那时很激进,我不愿意做"单亲妈妈",就像那时人们常说的那样;也不愿意再次流产,唯一的办法就是结婚。

今天,我不知道 S. 会不会来,不知道自己理解的安排对不对。也许是我旅行前的最后一次。天气阴冷。会不会比其他时候多说一点呢?但是为什么会期待他的改变?他在列宁格勒也什么都不说,十月在巴黎那间单身公寓也说得很少。他是那么实际,而且很封闭。也许只是个追求享乐的人。

下午五点。难道我理解错了,约会时间并不确定?一分钟以前开始,我觉我可能应该有别的理解,也就是说,如果他能来(而不是不能来),就在周六或周日打电话给我。我好像掉入了一个黑洞里。

十点四十五分。的确是今天。他下午五点四十五分到的，到之前我接到了玛丽-克洛德·V.的电话。
玛丽-克洛德的哥哥让-伊夫得了脑癌。上次见面是
1963年在玛丽-克洛德的婚礼上，我们俩还私下里交
谈过。尽管我经常觉得自己已经处在生命的尽头，但
是一个四十七岁的小伙子的死亡在我看来是不公平
的，无法想象的。可我接电话的时候脑子里只想着
S.。还没到的S.。然后我看见蓝色的汽车在路上掉了
个头。之后，时间，另一段时间开启了，再结束。和
往常一样，没说什么话。我问他："你喜欢吗（像这
会儿这样做）?"他露出微笑，无法定义的神情，狂
喜的神情。唯一的进步是在光亮中，而且他是睁着眼
睛。对于我送给他的书，他感到非常开心，带着孩子
般的喜悦翻阅着。也许我不应该加上别的书，这样
一来就好像是否定了他的正确选择（他希望得到的
书）一样。我怀疑自己在另外这两本书里留下了个人
的痕迹，有时我会碰到这样的事情，因为那个叫玛利
亚或者玛莎的妻子，jena[38]，总是疑心重重（我想起

自己——我也是这样疑心重重）。口交-肛交。他首先想的是自己，自恋至极，但是眼下我喜欢让他感到快活。未来的一个月里我都见不到他。

4月4日，周二

我觉得我在心理上处于昏迷状态。下雪了，四月。今天夜里梦到了S.，见面后一天就梦到他，这还是头一回。在公寓里特地为他安排了一间电脑房。就像往常一样，一切都明了得不能再明了。

我："我们在一起很快活，但是我对你来说究竟算什么呢？是什么都不算吗?"——"不，不。"——"什么不？"——"你对我而言有很多意义。"瞧，我得到的就是"很多"，不是别的。

这个时刻真的非常可怕，他沉默着，在房间里重新穿好衣服的时刻。一件一件——是我四个小时之前脱下来散落在地上的衣服——套上身，庄重地整理好。先是短裤，然后是针织衣，然后是裤子，腰带，衬衫，领带，鞋（他从来不脱袜子）。这一仪式让我心碎。这是离开的仪式，如此漫长。

外面有狗在吠。我空虚至极，就像那年在塞斯，1960 年在伦敦，或者 1984 年在 P. 家。我哭得稀里哗啦。

有点像小白脸：他喝了我半瓶芝华士，还问我要走了一包才拆开的万宝路。我既是一个母亲，也是个荡妇。我喜欢扮演各种角色。

我嫉妒那些讲俄语的女人。就好像这样一来她们和他就拥有共同之处，而我没有，尽管她们可能和他一点关联也没有。我身上的这点匮缺让我在和别人相比的时候感到痛苦（比如在全球书店体会到的那种感觉，或是最近在俄式东正教教堂听到我不懂的语言时的感觉，我把这两种经验串联在了一起。）

4 月 8 日，周六

我生病了，咽峡炎，周三开始的。想到即将到来的漫长旅行，再一次觉得眼前的日子充满了沮丧（病痛都失去了感觉），丹麦，东欧。我想我在出发之前是见不到他了。也许会有一个短暂的通话，周一或者周二晚……大雾。

4 月 12 日，周三

马尔默[39]。难以言说的疲惫。对生活的厌倦，在瑞典一家设计商店，西尔弗斯堡。在公众面前谈论文学，多么愚蠢的事情。我为什么会在这里？为了能够"享受"旅行，但是我付出了昂贵的代价。

迷迷糊糊睡了二十分钟。昨天晚上，S. 程式化的电话："安-妮，你还好吗？""我生病了。（别问我生什么病。）"——"你不走了吗？"——"不。"——"什么时候？……你什么时候回来？……我周六给你电话，一路平安。"我似乎在电脑屏幕或公共信息网络终端机上读到这些文字，离我非常遥远。但是我抑制不住地想他，尽自己所能想带一些东西给他。（在这里，四年前我想的是 P.，四年后呢?）

4 月 13 日，周四

在哥本哈根的海王星旅馆（和 1985 年是同一间旅馆）里，床头柜上有一本《圣经》，电视机上有色情影碟。我在想，什么时候我才敢放一张（因为这会记录到我的账单上，会暴露在光天化日之下！），好看看究竟是怎么回事。不是为了填补空虚，是为了学习。也许是今天夜里或者明天早上，等讲座完成之后。这间明亮狭小的房间里一片死寂。丹麦，干净而令人失望，对我来说就像是撞到了一团棉花上，什么感觉也没有。

昨天，我第一次想要骂那些来文化中心听我讲座的听众。我想对他们说："你们期待什么呢？你们来干什么呢？做文化弥撒吗？一群蠢货，没什么好看的，我又不是为你们写的，为你们这些有文化的瑞典老奶奶写的。"

4月15日，周六

昨天，霍森斯（Horsens）和耶灵（Jelling），参观最初的丹麦国王的陵墓。就是为描写而描写，毫无用处。

弗朗索瓦兹·A. 对她领导的态度真是让人恼火透了，她的领导就是那种资产阶级的"单纯"女人。听到她不停地、庸俗地喊领导"安妮"的口吻，我真是受不了（也许，如果不是我也叫"安妮"，我不会那么敏感）。

但真正致命的是，S. 没有像他承诺的那样打电话来。我的所有希望（说实话，基于我们的关系，我是疯了才会有这样的希望），明天能见到他的希望都被废除了。也许他是故意这样做的，恰恰这样我就不会对明天见面有所要求。现在，看清楚了他差不多自十二月以来就表现出的冷淡，真的感到非常恐怖。

4月17日，周一

塞尔吉车站。一会儿会到布拉格。"……年，我在布拉格"，加缪……比起丹麦，感觉是到了一个离 S. 更近的一个国家，而且是第一次。

昨天晚上，一个平淡的电话，确定约会时间，我回去的那天早上。一直是他决定的，非常僵化。我总是会想起第一次在列宁格勒，那个开启了一切的**动作**，就像是划开恐怖幕布的一刀。怎么说呢，这里当然有幸福，但是也有不幸。我将继续参演未来所有的艳情场面。当这一切终结，就说明我不再需要他了。

4月19日，周三

周一没有走成。我误了飞机。昨天，从维也纳中转，天寒地冻。布拉格无与伦比，一片漆黑。从圣查理大桥上看过去，城堡和教堂有了一种霍夫曼[40]童话故事的味道。喧闹的饭店，市中心饭店，就在有轨电车附近，小小的厅，和在莫斯科时下榻的苏联共产党中央委员会饭店差不多。昨天晚上，在这间棕黄色的房间里，睡得手脚冰凉，因为被子不贴身，窗户也关不紧，我能非常确定，在东欧的任何一个国家我绝对都活不下去。然而，这些国家的人是幸福的。在这里，我和文化参赞们一直在说苏联。说苏联人的骄傲，因为苏联和美国一样，是最大的、最强的国家。说苏联人蔑视他们镇压的所有民族，因此，他们也接受"指责"。虽然很微妙，可我理解 S. 和我的关系的实质：这种关系不可能是别的，无需多言，征服性的，很粗暴。我希望文化参赞不会多说，他应该猜到了我和一个苏联人之间有关系。还是保守秘密好。

机场。我失声了，自 1969 年以来还从来没有过。

二十年了！今天早上，是那个红头发的、结巴的译者的采访。访问作家联合会，布拉格之春后特别设置的思想净化官员"布拉特"在陪。东欧特有的气氛，暗沉的房间，咖啡供应，不可逾越的意识形态鸿沟。布拉特的指责就在于反对赫拉巴尔。[41]

　　布拉格大学，一如既往对新小说的攻击，共产党作家或是同化的作家的陈述。还能有其他的方式吗？

　　晚上，布达佩斯。刚才那会儿真是无依无靠。我坐在厕所间里，肚子绞痛，脑袋枕着铺在地板上的毛巾。我试着吐出来。也许是那晚的匈牙利烩牛肉引起的，太油腻了。而我在这个时刻尤其脆弱。难道是我得了艾滋病吗？那只能是 S. 传染的。

4 月 22 日，周六

　　布达佩斯结束了。这些不得不做的讲座令我感到沮丧。作为补偿，就是这些城市，梦想中的城市就在眼前，非常自然：布达佩斯（城堡区——自由女神像那一片的全景），华沙（已经简略为唯一的历史广场）。到处都是对苏联人的仇恨，尤其是波兰，波兰的状况落后得让人觉得悲伤（犁地的马——喂鹅的大婶——教堂），一切都处于匮乏之中（汽油，今天早上缺奶酪）。文化参赞的妻子穿着牛仔裤和羊毛衫，没有化妆，但是教育小女儿的时候一副资产阶级的态度，音律完整的古典唱片，等等，让人挺恼火。

现在，在某种程度上真可以算是孤独无依了，我反而不那么慌乱了。在华沙机场，因为行李我摔了一跤，一瞬间两只鞋子都废了。但是接下来至少会有三个男人来帮助我搞懂波兰语的播报，飞机晚点（两个半小时），然后是行李没到，传送带故障。最后，是和一群根本不管我的人一起吃火腿罐头，还有这对文化参赞夫妇。旅行到底，直到不再对旅行有所憧憬。

我在克拉科夫[42]最古老的饭店里，就是巴尔扎克与韩斯卡夫人相会的地方。房高有五米，虚假的奢华，一股油漆的味道。玫瑰饭店。

夜越深，我越是感到一种模模糊糊的痛苦，S. 和我在列宁格勒的画面挥之不去，期待着和他再次见面，简直难以忍受，就是想哭——还有孤独。

4月24日，周一

旅行的时间差不多要结束了。接下来没有讲座要做，这样暴露在公众面前真是很可怕。周日下午，因为文化参赞夫妇 E. 和 V.C. 对待他们女儿的态度，我着实怒了。孩子需要恪守资产阶级的标准，简直到了可笑的地步。这种无时无刻不在的温柔暴力颇为残忍。不能用手拿橄榄，先等客人开动，等等。可孩子才四岁！还有用《蓝精灵》来威胁：如果过一会儿你不让我上车——这是小淘气玩游戏时说的话——你就不能看《蓝精灵》。这一切都是用一种温柔得可怕的语调说出来的。阶级仇恨。不。是粗俗（我）与高贵（她，文化参赞的妻子）的斗争，我们彼此之间的鸿沟难以弥合。晚上，当她正好看到我被两个非常粗俗的波兰人勾引的时候，她显得非常惊恐。

和他们一起参观了已经荒弃的卡齐米日犹太区[43]，有的门上还刻有姓氏。今天参观教堂，一波又一波的人，周一弥撒……波兰人喜欢去教堂和商店。他们喜欢进入所有场所，看看有什么感兴趣的东西。就像是忙碌的蚂蚁一样，不知疲倦地找寻要搬走的东西。排队，缓慢前行，默不作声。温顺，安静。教堂。

这种在陈列着一小堆一小堆糖果，排列整齐的果汁瓶的橱窗前流连的方式。一公斤西红柿和一个布娃娃的价格相当，比吹头发的价格要贵四倍。

4月25日，周二

华沙—巴黎的航班。

昨天，我整整一下午都在饭店里昏昏欲睡。传来步行街上行人的脚步声：非常奇怪，就好像是同一个脚步声捶打着街面，原地踏步，就像是夜里牲畜棚里牲畜的蹄声。一种暗哑的脚步声：波兰人很少说话。任何地方都是如此。默不作声的队伍。玛丽克（Marieki）广场上一波波沉默的游客。温顺，沉默。有个修女来听我的讲座！教堂，沉重的教堂。在美发店，可爱的少女穿着脏兮兮的夹克衫，一排破破烂烂的卷发帽，美发师让我照镜子，看看我修的眉毛时，斑驳的镜子也只能照个大概。吹风机吹的不是热风。暗淡的灯光，几乎将一切笼罩在阴影中。我看着人们在橱窗前流连，橱窗和家庭住宅的窗户差不多大，里面陈列着果汁、糖果这些算是奢侈品的东西。其他任何一个地方的萧瑟都不曾这样让我感到震撼。

4月28日，周五

昨天他来了，十一点钟前后。欲望。他跪下来吻我的下体，自圣诞之后他都不曾如此。很温柔的爱，他仍然对我充满欲望，只是我似乎竟然无话可说，越来越无话可说。话语、泪水都强忍住了，我总是那么波澜不惊，笑盈盈的，一如既往的柔情无法长期坚持下去。我给他带了一条免税的万宝路香烟。他立刻拆了一包（他身上没带香烟吗？习惯性地到我这里拿来抽），而且走的时候他也没有忘了把那条带走。我给了他两封写好的信，一封是在我得咽峡炎的时候写的，还有一封是在布达佩斯写的。但是他怎么想呢？这一点我可能永远也不会知道。晚上，在大使馆有一场电影，《阿萨》（Assa）。我不再跟着剧情走，而是试图明白电影里的俄语。他妻子坐在我身边。我什么"感觉"也没有，只有一种好奇，但是他们之间的交谈又将我打发到"外人"的境地——双重意义上的外人。她似乎不再怀疑。他和她是如何做爱的呢？她个子很小，屁股很大，髋骨很宽，没有胸。她有快感吗？也许正是因为这隐约的醋意，我做了一个非常可怕的梦。他和我说，有好几次，他延长了我们见面的间隔时间，想要借此摆脱我对他的纠缠，而且这次是最后一次和我见面。再说他要离开法国了。我站在栅栏门后，想要候着他经过，但是街道上始终空无一人，我不会再见到他了。这是不是表达了我的某种愿望？一种想象中的解决方案，也许对我来说是最好的方案？

才从旅行中归来，从被迫的表演和工作中解脱出来，我又坠入要和他见面的执念之中。

五月

5月1日，周一

重新看了1972年、1973年和1975年自己拍的录影带。我第一次将自己当作"他者"来看待，那时的我和现在的我迥然不同，当然，不可否认的是要年轻得多，是那种严肃的类型。没有一丁点儿幸福的表情，尤其是在 1975 年的录影带中。"冷漠的女人"，是的。不知不觉中，我的书成了我的个性最真实的表达。这婚姻是多么沉重啊。

晚上九点。电话铃声响起，电话那头没有人。情不自禁地想可能是 S. 在公用电话亭，因为公用电话亭经常会有些问题。但是打错电话也不是不可能……

5 月 3 日，周三

周四已经很远，那么遥远，他一直没有电话来。必须和他分手，我的生活是如此愚蠢。但是我究竟为了**谁**把自己晒成这古铜色呢？而且我在心里准备的这封信似乎更是希望他拒绝我分手的要求。我又读了上一本日记，很奇怪的事，我确认他是迷恋我的，一直到差不多三月的样子，而三月份，我们有三个星期没有见面。

决定：如果在我出发去泽西岛[44]之前，他没来塞尔吉，我就再见他一次，然后分手。或者，我在电话里和他分手。

5 月 5 日，周五

每次我在巴黎的时候，就像今天，见到一些人——今天见到的是福莱尔夫妇，瑞典女记者——看到私家车经过，车里的男人打扮成城里人的模样，领带，浅色西装，时髦的剪裁，我就会对自己说，这是个特别平淡、特别庸俗的故事。相遇，时不时会发生，在一个男人和一个女人之间，不过是纵情而已。就好像所有想象的美好落尽一般。我并不因此感到悲伤，因为是我在观察，是我以这样的方式在感受，为了我自己，而不是采用他的视角。接着我回到了塞尔吉，对他来电的等待又让我难以承受。八天，到今天晚上整整八天了。一个新阶段。我活着，如同行尸走肉。什么时候我会戳破这层纸呢，什么时候我会想要穿越这份痛苦？

5月6日，周六

梦让我醒来。在一个好像院子的地方，我在等（谁呢？）。是个剧院的出口，正上演《一个女人的故事》，米舍利娜·于赞（Micheline Uzan）演的。我看到我母亲在，就在一群演员之中。我们在说话，然后她说："你讲述的是我的故事吗？"我反对道："不完全。"是在头脑错乱之前的妈妈，她穿着灰色套装，梳着漂亮的"发型"，就像她谈起她的那些帽子时使用的词。

我晒黑了，蠢得要命，就像1963年在意大利，当时我在等菲利普的来信。我等了两个星期还是更长的时间？记忆已经模糊了。唯一重要的就是S.。让我如此迷恋他的也许就在于他的神秘，他的不可预见性，他的"奇怪之处"。

他杳无音信的原因可能是以下这几点：

（1）他妻子发飙了，因为在使馆的那几场电影放
映会——我在，而她不在——他可能向妻子
隐瞒了我在的事实。

（2）他在吃阿兰·N.的醋，因为我提议他坐我
的车回来。

（3）厌倦了（就像在我梦里一样），他选择抛弃
我，拉长我们见面的间隔时间。

（4）工作，为了某些不为人所知的人物。（他是
不是克格勃?）

他没有和我说过，他会给我电话。（我不自禁地
想起母亲，1986 年 4 月，我最后一次见到她的时候。
我对她说："周日见"，她没有回应我。）相反，他曾
经问过我，会不会去书展；换句话说，这就意味着一
直到书展前我们都不会再见面。

然而，然而，上一次见面时的这份温柔呢。但是，前几次都是经过安排的，恰恰有一种即将结束时的美。

是不是再也见不到他了呢。就像以前，和克洛德·G.在一起时。死了一般。我有最糟糕的预感（离开法国，被抛弃，等等）。

5月7日，周日

杳无音信。阳光下，眼性偏头痛。接着，我就像个疯子一样，最高层级的那种消沉，我有点害怕。他有可能打电话来的时间已经过了。我想象着明天一天，又为什么要等呢。我深陷在某种均质的痛苦中。和S.的关系中，我从来不掌控局面，甚至必须是他率先和我拗断。显然他要悄悄地逃走。

5月8日，周一

我越是往深处想，越是觉得我们之间已经结束了，而且觉得我永远也不会知道真正的原因究竟是什么。对所有的工作（比如花园，等等）都提不起精神，持续不断的恐惧。我为十月和十一月的幸福而感到后悔，现在我为之付出了昂贵的代价。我几乎期待着去泽西岛的行程，因为这对我来说会是一种解脱：不再待在那里等电话。另一种分手的可能是：E. 的闲话，他说了什么诋毁我的话。

晚上，他打电话来，太"正常"不过了。我的所有想象灰飞烟灭。我觉得困倦。我不想分手，直到下一次……但是怎么才能相信别人是爱我的，迷恋我的呢？此前，除了父母之外，几乎是不可能的。

5月10日，周三

出发去泽西岛。我还做了梦，梦见了 S.，梦见我们做爱。还是失眠。他想要来找我并不意味着他对我们的关系没有厌倦。也许，他之所以还**维持着**我们的关系，只是因为我是个作家。

5 月 12 日，周五

下午三点半，S. 还没有打电话来。我和二十岁、二十二岁时的状态一模一样，不眠之夜。我在泽西岛一分钟都没有睡着过，朝向大海的房间冰凉透顶。没有办法摆脱前天晚上的情景，和 H.S. 在一起，先是在中国饭店，后来是出租车。我在欲望面前总是那么脆弱，我拥抱了他，在出租车上，我任由他把手放在我的大腿上。但是我拒绝他上楼到我的客房来。和往常一样，我知道我骨子里想要的不是**他**，H.S.，而是**另一个人**，苏联人 S.（同样，在 1985 年，是菲利普，而不是 G.M.）。在这里，我已经忘了他的动作，我只想睡觉，我一边哭一边入睡，因为 S. 没有打电话来。

十一点四十五分。他来了，待了五个小时。已经很长时间没有过这样完美的时刻了，这样和谐。做了四次爱，每次的方式都有所不同。（卧室，肛交，然后是缓缓地抚摸——楼下的沙发，同样传教士的温柔——回到卧室，如此令人感动，"我把精子射在你肚子上"——回到沙发上，背后进入，非常和谐）。对另一个人的身体，对他的存在的无尽的需求。

5 月 13 日，周六

六点，我醒了。八月他确定要走的，我哭了，但第一次没有感到痛苦。我意识到，总有一天他会不在，而我再也见不到他。自九月底以来占据我的激情涌现在我的眼前，这份美，这份完美（写下这些的时候，现在，我哭了）。我感觉到，我的下一本书是**献给他的什么东西**，即便并不是写他。昨天第一次，我们找到了共同的绝对节奏。和别人在一起时我还从来没有达到过。

昨天，我们在回忆列宁格勒那两天的行程时发生了争吵。他想要看我的日记。我们还说起了斯大林、战争。斯大林给他的父亲"授过勋"。

我对一切失去了欲望。现在，购置新家具，重新装修屋子，或者想象着买冬季的衣服都毫无用处。某个东西将在八月停下。剩下的只有写作。

但还有几个月的时间，差不多两个半月。"再给我多一点的时间吧，我的爱"，琵雅芙的歌。

今天早上，我驾车一边在街道间穿梭，一边不停地流泪，就像母亲去世的时候那样。还有，我堕胎之后，在鲁昂的街道上。我的人生线路，我人生神秘意义的线路。同样的**失去**，还不十分清晰的失去，只有写作能够让它清晰起来。

5 月 16 日，周二

此刻，我就只是为了活着而活着。不想错过一丁点纯粹的生活，错过这份将在今年夏天结束的激情。我到时候会怎样呢？可能就像二十岁，或者二十二岁时那样。

今天下午热浪滚滚，我吃着巧克力。我找到了过去的那些考试卷（业士、预科、学士），就在热气与巧克力气味的混合之中。同时，我知道这种感觉曾经是我烦恼的来源，是我那时恶心的生活，我却不知道，三十年后，恰恰相反，这种感觉成了我生活乐趣的主要来源（或者是经历过这一切的快乐——或者说是一直在经历的快乐）。

正是现在，我喜欢爱情，喜欢做爱。爱情不再是令人悲伤的，孤独的东西。

但是，但是，怎么能够否认他表现出的依恋呢？还有嫉妒（说我晒黑了——还有让阿兰·N. 搭我的

车）。但是几天后，一切又将被推翻重来。我又会问
自己，上一次是不是最后一次。

5 月 18 日，周四

我没有去书展的开幕式，他此刻正在那里。我多
多少少是故意的，回避巴黎这种醉醺醺的、充满肉欲
的狂欢，因为害怕自己会不合时宜，害怕会让他对我
们这样的见面感到不快。我回想了一下所有这些我没
有去的狂欢，1957 年农校的舞会。那时候——但是
我缺的不是跳舞穿的裙子——我孤独一人，穿着家居
的长袍，不过那长袍可是"豪华款"的（1957 年的
那件是粉红色羊毛质地的，就像那种带纽扣的大衣），
想象着我并未到场的盛会。哦，帕韦泽[45]……狂欢的
喃喃私语并没有传到我的耳边。而且我知道，如果我
去了，可能会感到非常失望。以前，我想象中的这类
狂欢如同梦幻一般，是绝对的幸福。而今天，我自己
不想去，因为我已经经历了太多这种失败的，痛苦的

狂欢。

然而，一整天，我都在想到底要不要去。必须不太痛苦地度过这个夜晚。试着去想，也许他在找我，甚至我敢肯定。但是很快，为了平衡，他就会被那些新闻女专员，被那晚某些亢奋的女作家吸引，就是这么回事。上个星期，我不就让 H.S. 吻了我吗……我不是也对他产生了强烈的欲望？一报还一报吧。毫无慰藉可言。

5 月 19 日，周五

疼痛夜晚来袭，我被疼醒了。一直疼着，直到下一次电话来都不会平息，这也就意味着疼痛的期限不可预估。这一次是嫉妒，无法躲藏的嫉妒。因为一切都已经过去，他再也没了可以期待于我的惊喜。这是我嫉妒的由来，我知道自己的空虚在哪里。再一次生出分手的想法，如果可能，想要让他也尝尝痛苦的滋味。

5 月 20 日，周六

因为克洛蒂娜·D. 和我说书展遭到了公众的冷遇，没有"人"，于是对于周四晚我感到了释然，就好像在大家的态度、某种气氛和完全取决于个人愿望的东西，以及 S. 和其他女人相遇的可能之间有什么关联似的。我永远无法把一个男人对我的感觉和他滋生出这种感觉的地方区分开。我从来不相信爱情内在的力量。总体而言，这是完全服从于社会环境的。

看到汽车过去，或者听到汽车的声响都会感到痛苦。所有这些汽车都能让我联想到自由、快乐的场景，而我被排除在这些场景之外。我想象着他与另一个女人的不确定的相遇。但是一旦我得知他正在来的路上，知道他在 A15 公路上，我就什么都不想了，我也不会去想他和另一个女人的场景：他来了，这就够了。

5 月 21 日，周日

书展。没见到他。晚上什么也没有发生。如果他周四连使馆的电影放映会都不出席，怎么办？也许他有了别人？这痛苦的等待最终却落在**实在的**艳遇上。

5 月 22 日，周一

我早上六点醒来，意识到我的痛苦，就像于连·索黑尔[46]。我又重新睡去，梦到和一个非常年轻的男人调情，我是被一声"妈妈"（也许是梦里的叫声）惊醒的。叫的是我。这一切都和泽西岛的 H.S. 相关。非常强烈的一种印象，我对他而言就像是**母亲**一般。

昨天，在地铁上，我处在一种痛苦的压力之中，以前，当我乘坐同一条地铁线去公寓，准备见 S. 的时候，也是如此。但是那时候，可能不是痛苦，而是欲望就要实现，箭在弦上。而此时，是一种匮乏，一种残忍的空虚。

为什么他不给我来电话呢？一直萦绕的这个问题没有有效的回答。如果周四我在使馆都见不到他怎么办呢？难道他和他的巴达维亚女人去了阿尔萨斯？或者他不想和我有什么牵连，不和我约会。

晚上，二十二点。没有电话，可能有过一个电话，但是我到得太晚了。也许不是他的电话。又或者是他的。有什么关系呢。

想起了1952年在图尔。奢华的饭店大厅，一边是我们，跟旅行团出来的乡巴佬；而另一边是正常的顾客，皮肤晒成古铜色的女孩，和她的父亲，很时髦的样子。女孩正在吃酸奶——我后来才知道这种东西。我面色苍白，永远都是这么一种暗淡的样子，戴着眼镜，和我的父亲以及大巴上的其他游客在一起。

我发现了差别，两个世界的事实。

5 月 23 日，周二

十点四十。等待结束。离上次见面又多了一天的距离，无尽的坠落。十分钟前，我高声喃喃自语，"必须分手了"，充满了恐惧。我要去兰斯[47]，回来后，也许——最糟糕的情况——周四晚上在大使馆的电影放映会上也不能见到他。渐渐地，我沉入了这种残忍的想法：他突然回了苏联——或许不想和我说，正因为这样才有上次见面的激情。

5 月 25 日，周四

六点。我活在恐惧之中。最强烈的预感：他晚上不会在使馆（原因：离开法国——正在旅行中——不想来，但是为什么呢）。另一种可能：他想要表明他的冷淡，不和我约会。又或者：他希望见到我。但是十三天的杳无音信使得我很难相信最后一种解释。然而，此刻，现在，我还不知道。两个半小时后，也许一切都结束了。我的最后一封信会待在我的包里。这在某种程度上和死亡差不多。

十一点。一言难尽。嫉妒，被排除在外，几秒钟的时间里似乎已经到了故事的终结。有一个年轻女人，高个子，金色头发，身材扁平（大概二十五到三十岁的年纪，她身边是S.的妻子，看上去有点憔悴），S.似乎对她很感兴趣。年轻女人是丈夫陪着来的，丈夫是个编辑，小个子，可能是一家共产党刊物的编辑。在两对夫妻旁，我显得很多余。再说，我的存在似乎很奇怪（对S.的妻子来说如此，对这个年轻女人来说也是如此，因为她立刻发现了S.和我之间的某种默契）。后来我走了，独自一人。我的眼前浮现出使馆的地毯，还有楼梯，我一边下楼梯一边想："行了"。已经处在没有他的未来之中。蔑视他，但是最关键的是蔑视自己。接着，在台阶下，我在想，我还要回去吗？是的，也许吧。我看到他也在下楼梯，一个人。我看了看桌子上的小册子，装作什么都没有发生的样子。他当然知道我在等他："我们下星期见面"——"好的"——"我给你电话。"——"你给我打电话。"接着，"我能给你一封信吗？"——"不行。"于是我又合上包（价值1500法郎的包，就是为了取悦他——什么时候我才能停下这种疯狂呢？）。就这样。今天晚上，我很讨厌自己去看这部愚蠢的苏联电影。**也许他不想我去**。也许他不会给我电话。唯一还算正面的一点：他跟着我其实是有风险的，因为所有人都看到我走了。真的是唯一还算正面的。好吧。那我呢？我应该是什么样的态度？分手——威胁分手——什么都不说。已经选择好了。

十一点半。他打电话来。没有声音。是他，当然。然后电话铃再度响起："你好吗？"——"是的"——"我明天能过来，十点？"——"好的。"瞧，像个小姑娘一样得到了满足。

5 月 26 日，周五

他来了，待的时间很短，两个半小时。但是在大白天，这也很正常。我觉得今天在旧有的那种摧毁欲望的驱使下，做了所有不该做的事情：说了我昨天晚上想要分手——说了我和 Ph.，后来又和 P. 说过的事情，关于 1952 年的那个星期天，接着是 1958 年，还有流产的事情。总之，是能够吓着他的事情。的确，他听了之后就离开了。

我非常疲倦。今天早上，我在半睡半醒间做了一个阳光明媚的梦，梦中我感到世界秩序正在离我而去。我感受到，这就是生活的，还有世界的，痛苦的神秘之所在。接着，是 S. 的面容，他今天要来，但他的到来并不是幸福的美好承诺。

我："如果你想分手就告诉我，说出来，因为我什么都不明白。"——"是的，我会说的。"他的话让我感到很恼火。也许未来的几个星期里他就会说的。

（关于那位编辑，我说的都是错的。他不是共产党员，而是一个资产阶级家庭的儿子，正准备和陪伴在他身边的女人结婚。S.因此不会想要勾引那个女人。他身上的奴性，陀思妥耶夫斯基的那一面，解释了他为什么会那么殷勤。）

5 月 27 日，周六

除了沉浸在脑力劳动中，别无他法。我真的很不舒服。一切都令人感到绝望。想到自去年十月份以来这幻灭的一年，还有对目前境况的屈从，最重要的是分手的可能。的确，我不仅要习惯分手，甚至还对此有所期待，这样才能够达到平衡，而现在，平衡对我而言却意味着一种冷漠的状态、一种濒死的状态。但愿我不再有所欲求。昨天，我选择了中间方案，威胁要分手。我还不知道由此带来的后果是什么。要么是骄傲——他的骄傲——占了上风，他要在我之前提出分手。要么是他不愿意放弃和我在一起的快活，不愿意放弃我带给他的内心的骄傲。从他和别人相处时的行为来看（焦躁，总是想要尽力讨好别人，几乎可以称得上一副奴才样），也许我应该更加严厉一些，甚至残忍一些：这样会要承受代价吗？

另外一种痛苦是，我不愿意放弃**言说**这个世界，这两年我什么都没有做。我不能再这样生活了。男人，写作，恶性循环。

我有**两件事**要做，回到卡尔蒂内巷（Cardinet），回到堕胎的地方，另一件是去看望照料母亲的护士。仍然是这样一种连接。至少是掀开八个月来压在我身上的这片阴影，这个绿眼睛的、温柔的苏联人，我教会了他另一种做爱的方式，而不是像哥萨克人那样。用普鲁斯特的话来说，是让"智慧凿开一个出口"。

（"生命遭受包围的地方，智慧可以凿开一个出口。"）也许我像斯万那样，面临要为一个男人付出时间和金钱（这几乎是事实）的时刻，不过斯万是反过来的，为了奥黛特付出时间和金钱，那个男人是我的菜，但是也许并不值得我这样做。

5月30日，周二

可怕的五月（这种无力感可以追溯到什么时候才有过？1985年，还是1982年？）那时的情况我想应该更糟：和结婚相关的所有事情都让我觉得万分恐怖，是一种没有出口的痛苦。

清醒的时刻。很显然，S. 已经厌烦我了。反过来的是：5月12日，他对我的激情还很明显。

玛丽-克洛德给我打来电话。让-伊夫上周五去世了。我不禁想到，我们因为一些人而联系在一起，而这些人的历史会产生一种"波"。周五，那天我觉得很不舒服，似乎我错过了一切，而这天正是让-伊夫离世的日子。自打1963年七月之后我就没有再见过他。他曾对我倾诉说："我没有朋友。"

六月

6月1日，周四

看了《你不配他》[48]，和我的故事没有什么相通之处，可是一切尽在其中。走出电影院的时候，我知道电影讲述的就是我的故事、日常生活的故事、男女之间矛盾关系的故事。我情愿留在放映厅里，这样这个故事就不会结束。艺术的概括。电影里让我印象深刻的话："等待一个男人是很美好的事情。"中午在汽车旅馆里的约会，电影里说："有人是不需要吃午饭的。"还有："我是一个活着的女人。我是一个要继续活下去的女人。"（若西安·巴拉斯科的台词，她哭着说。）

当然，什么也没有。

6月3日，周六

我处在一种麻木的痛苦中。也就是说，我不再有所等待，等待**更好的**什么。既然希望不再，痛苦就不可能成为通往尚可想象的幸福的动力。

我知道这个周末他在哪里。他在卢瓦雷[49]，离卢瓦河畔沙蒂永不远，我仿佛又看到了那条上坡往教堂去的主干道，我经常和孩子们一起去的熟肉店（最后一次是什么时候？ 1984年还是1985年？）。我知道他是和谁一起去的，E. 一家。所以，想象，想象，无穷的想象。

闻到一种精子的味道——以前是很讨厌的，现在却觉得有点刺激。5月12日，"我能把精子射到你肚子上吗？"永恒的场景。每次想到他再也不会来的时候，就觉得类似的回忆非常可怕。他再也不会说这些话了，用一种简洁的、俄罗斯的方式。我在衡量自己对精子迷恋或者厌恶的程度。从 1987 年开始，和 P. 在一起时很讨厌。还有第一次和 S. 一起的时候，在列宁格勒，我也是想要吐到盥洗盆里。

幸福至极，S. 打了电话来，半夜里，从卢瓦雷打来的。有点像布勒东说的："啊！今夜能出点太阳就好了。"

6 月 5 日，周一

梦到了一个旅馆一样的地方，有点像栗子园公寓，我不知道自己的房间号码，62 号，或者 42 号，又或者是 63 号。人们在等我，因此我感到很担心。我醒过来了。现在，每天夜里，我都会在三点到四点半之间醒来。非常艰难的时刻。为了能够再次入睡，我将罗维希街（Loverchy）公寓的厨房重新检查了一遍。为什么要这样，我也不知道。这番检视却加剧了我的紧张情绪。我在巨大的碗橱前停了下来，橱门是滑轨的，很笨重。

安妮·M.和弗雷德里克·L.都没有在电话里和我谈起过我的"俄罗斯"爱情，我将她们的沉默看作一种信号，说明她们已经知道这个故事终结了（尽管客观上，我根本不知道她们究竟从何得知）。

如果我不再试图弄明白（他究竟是怎么想的，这样或者那样的动作，这样的话语究竟意味着什么），这就说明我放弃了这份激情。同时，放弃了**等待**。

我想从泽西岛回来的时候。我在鲁瓦西机场等埃里克——有一架从莫斯科飞来的飞机——，埃里克去买点东西，我坐在车里等他，我们把车子泊在宜家停车场。我**还不知道**晚上等待我的会是怎样的幸福，也许是和S.所拥有的最后的幸福。

6月6日，周二

在黑暗中醒来。我是在什么时候梦到他脱了袜子打算做爱的？这个梦的意思非常清楚：我可以肯定他有了别的女人。（这个女人无法忍受他做爱的时候还穿着袜子!!）在两种假设间犹豫：（1）他不再有将我们的关系继续下去的欲望。（2）等他有时间了，或是想见我了，就会给我来电话。

四点差一刻的时候，他来了电话："我能马上来吗?"真的是第二种假设。就和那天从泽西岛回来时一样，甚至比起那天我更加猝不及防，今天早上，去书店的时候，去旧货店的时候，今天下午处在一片茫然中的时候，都还不知道是什么样的幸福（?）在等着我。不算是真正的幸福，是惊喜，然后是平静。这种身体的沉醉（我们再也不能有快感了），永无尽头。但是为什么他不再给我一点时间，让我对他产生欲望，让我等他若干小时，甚至若干天？

6月7日，周三

和往常一样，巨大的疲倦感，根本做不了什么事。他的片言只语在记忆里挥之不去。狂欢后的第二天，头痛欲裂、口干舌燥的感觉，不是因为喝得太多，而是因为纵欲过度。麻木。不能确认这是不是爱情。几乎能够确认的是 E. 知道这一切。

突然间，想到了周六他要参加的婚礼，他有可能遇到的女人，**舞会**……尽管他妻子在，我也对他没有把握。现在，嫉妒之情会突然跳出来，速度极快，可能是为了让我不再慢慢地经历煎熬和幻灭，花几天的时间等待他的电话。我自己生产出爱情的解毒剂，也许是为了通过痛苦来延长这份爱情。

6月10日，周六

什么也不想做——现在几乎已经成了很自然的事。那本伟大的书还在酝酿之中，我围着它打转。我对于 S. 的乐观态度毫无根据，只不过是我精神生活中少了一点焦虑。因为也许在未来的一个星期里他不会给我电话，尽管他答应过。我在花园里干活，我给斜坡除草，我还记得去年十月，因为他没来电话，我沉浸在痛苦中，我也是在花园里干活，以同样的方式。回忆起那时的痛苦，现在却也觉出一丝甜蜜，因为我知道，那会儿我弄错了（觉得他接下来应该对我表现出强烈的依恋之情）。更加深刻的原因是，因为我现在经历的是同样的事情，但痛苦却不尽相同。这和写作很像。

6 月 11 日，周日

夜里失眠。我再一次回忆起列宁格勒的场景。重新找回那时的快乐和感觉。但他那时对我而言还无足轻重，只是一个我想与之发生一夜情的男人，仅此而已。我对列宁格勒那一夜的依恋，来自其他的夜晚和下午，来自我们几十次的云雨之欢，远比那一夜更好。此刻，我处在麻木迟钝之中，无心工作或阅读，甚至不再因为他杳无音信而感到焦虑，反正已经习惯了。

6月15日，周四

醒来，仍在半梦半醒之间，似乎领悟到了真相。对 S. 来说，我就只是一个有名的女人，懂得做爱技巧，时不时可以造访。没有任何的迷恋可言。不由地产生出些许的自豪感，但是想起自己四十八年的时光，这份自豪感便褪去了不少。

我完全忘了泽西岛的那个年轻男人，而且他再也没有给我来信。我想起了 S. 的粗俗，又或者是苏联式的羞怯。每次见面，几乎没有序幕性质的片言只语，立即投入身体的交融。十月，在汽车里，一直到塞尔吉，他什么也没说，就只是静静地抽烟，把车子开得飞快。这一切使得我每次就像是一个被捕获的猎物，茫然不知所措。

6 月 16 日，周五

夜里醒来，真是很难熬。首先是因为再次折磨我的膀胱炎（自去年十月以来便是如此……）昨天，回来的时候，在区域快铁上，近似残忍的折磨，因为很想尿尿。尿潴留引起了夜晚的疼痛。还有 S. 的音信皆无。此刻我尝试着工作，写作，但是一幅摧毁性的画面在我脑海里盘旋：星期日，从巴比松（Barbizon）参加婚礼回来，S. 亲吻了他的妻子。我知道这并非他的选择（现在我也不是），她就在他的触手可及处，在他们的婚床上。至于我，至少还得开上四十公里，并且找到不在场的借口。不管怎么说。当我想到这些，我就像坠入了一个黑洞。唯一对我有所安慰的事情，就是去读之前的日记：同样的痛苦，甚至更加糟糕。要求他更加频繁地给我打电话成了一纸空文。要经历大约一周的沉默，我的痛苦才会开始。

6月17日，周六

我闭上眼睛，美容师为我修眉时我尽量什么也不想。有一个时刻，我能感觉到落在我的脸上、唇上的气息，很有节奏，令人心烦意乱。是美容师，她凑得很近，以便更好地为我修眉（她和其他为我服务的美容师都不一样）。我在想，身体也是一种气息。生命，欲望，无性的这一切。我十五岁的时候就已经有所了解，我让柯莱特和我接吻，"为了尝尝这种滋味"。但是没能成，因为我们彼此太熟悉了，阻止了我们更进一步。我重新睁开眼睛：的确是个女人，也就是说，和我一样的性别。只是她的气息让我想起爱，而不是她的脸。一个女人并不能给自慰带来额外的快感，带不来我12日的那个周五从泽西岛回来后与S.分享的东西。那种味道，精子的甜美，那种混合着漂白剂和紫薇花的味道，令人瘫软的味道。

6 月 19 日，周一

我数着日子，时间一天天过去，没有他的电话，我越来越把这看成一种不祥的信号。但是他也许有另一种时间的概念，他甚至不会计算。然而，不加计算也自有其意义，说明他的生活不怎么需要我。

阳光一直很灿烂，万里晴空，早早到来的夏天。今天早上，我非常想见他，到了令人绝望的程度，就像 1958 年，对 C.G. 一样：想见他，做爱，哪怕他根本不在乎我，才不管今后怎么样呢，哪怕接下来的是幻灭，是不幸。

在列宁格勒的时候，我一点没有想过，S. 比我年轻，这一点会成为我欲望的来源。那会儿，这份年轻还略显笨拙，无法满足共度的良宵。但是这"优势"显得越来越重要，只是还没有"苏联式"的"优势"那么明确。

什么时候我才能保持一定距离来看待这些事情呢？但是等到那时，我就写不出我此时所写的东西，我就不会再注意到这些充满人味儿的举动，激情、欲望和嫉妒所引发的，几乎不可捉摸的，以前从未曾察觉的这些举动。

下午，可怕的等待状态。需要、空虚的等待。并非身体的欲望，身体没有出现那些可供标识的指征——比如说，我并没有"湿"——而是心理处于一种空落落的状态，灵魂出窍，直到想哭。

夜晚。又迈入了一个新的阶段，从来没有过，这么长的时间都没有来电话。他去阿尔萨斯了吗？也许，也许没有去，对于未知的害怕。我写作，因为我想要被爱，但是我并不是要他们的爱，读者的爱。要是这样，我可以在一本书里直接写上："请爱我吧"。

就像乔尼·哈里戴[50]在一首我叫不出名字的歌里唱的一样。当然别人也会爱我，《撇号》[51]电视节目、布拉格或者其他什么地方的讲座上那个弱不禁风的女人，但是我只向往经过选择的爱情，我自己欲求的爱情，尤其是不把我当作家的男人。

6月20日，周二

六月会比五月更糟吗？似乎有这样的趋势。一个男人，十五天没有一个电话，很显然他对我没有任何感情。我不无严酷地审视自己的现实处境，审视有可能产生的自杀态度。因为我没有采取任何行动来摆脱我的执念、我的欲望。我的脑海中总是闪过一幕幕令人嫉妒的场景。我明天要去看俄罗斯电影《小薇拉》，我已经想象到他和另一个女人在一起的样子，他在放映厅里亲吻她。在打电话的事情上，他从来不恪守诺言。总之，我正在为这样一个人物而焦虑不安，总的来说，这是个狂妄自大、自以为是的人，只知道享乐，也会随时让欲望得到排遣。不过开始时还不是这样。其实这里就只有时间磨损了欲望而已，为什么没有勇气接受这一点呢，并且从中得出积极的结果，就像以前说的那样："我不属于那些因悲伤而死的人／我没有水手妻子的美德……"

6月21日，周三

做了一个梦，能够说明我的欲望，还有我害怕的事情：在大庭广众之下遇到了 S.，共进午餐。他把手放在我的肩上，我们想找个地方单独相处，他和往常一样想要我。我们来到了一个洞穴一样的地方，但是照亮洞穴的灯光灭了，地下的水漫了上来。我害怕起来，我们便出去了。我们来到了我家，家里全是人，孩子们都走了，我们就进了卧室，床上堆满了东西，就好像是正在搬家。我开始抚摸他的生殖器。他的态度变了，他变得讽刺，嘲弄，这是他以前从来不曾有的样子，他指责我总是迫不及待地抚弄他那玩意儿，总是想要让他那玩意儿纵情享受（这是真的）。后来，在我的梦里，小猫吕克莱斯（Lucrèce）又出现了，还活着。（它自周五后就消失了，我想它可能是死了，这是六月里附加的悲伤。）

6月22日，周四

他昨天晚上来了电话，大概十一点差十分，他（的声音）好像有点尴尬？他提议我们见个面……下周。"我周一再给你电话。"他会打电话来吗？思想集中不了，想不清楚。夜里——失眠了——我想他也许在等我拒绝，如果这样就是我提出分手，做了他不敢做的事，这样他就能松一口气。因此我害怕他周一不来电话，而是过了周一再打。接着，因为我开始梦想着他的身体，对我们下次见面有所期待（下午看了《小薇拉》，里面的主人公就叫 S.，所以刺激了我），我脑袋里满满的都是古巴舞蹈团访问巴黎的画面，那些性感的女人，从一个他不无怀念之情的岛上来。我想象着，也许会有和我们一样稀松平常的艳遇发生，在饭店的房间里。这是嫉妒的深渊，强烈的悲伤。我回想起普鲁斯特的句子，那是我十六岁时记下的："悲伤是沉默的仆人……我们身陷悲伤之中，越是与之斗争，便陷得越深，通过地下通道，它将你带向真理和死亡。幸运的是，一旦与悲伤相遇，有其一便有其二。"等等。在恐惧和悲伤之中，我自己满足了自己，来了三到四次。但是，悲伤仍在，我的怀疑并没有被疲惫所替代，根本无法解除，无法弄明白究竟是怎么回事，S.是个勾搭女人的老手吗？或者，S.是个容易被女人勾搭的小伙子，甚至对古巴女人来说，这种二难推理不存在，因为她们敢想敢干。

解决办法（周一早上需要再读一下这段）。如果他仍然推迟我们的约会，而且不说好日子，我就建议他不再见面，坦率点，不要再搞来搞去了。当然是诡计，但是要么就加倍获利，要么就全砸了。如果他来，只表现出一点点欲望，我也采取同样的处理方式，高声说出来，或者事先准备好一封信，是不是交给他则看他的态度。

6 月 26 日，周一

从早上开始就基本上能确定了，他不会来电话了。我觉得这种事情已经发生过了（一月初？还是三月？）。寻常借口，他不能来了，所以也没有必要给我电话。这种在恐惧中生活是最糟糕的——真的能确定吗？——不知道是不是应该无论如何再延长几个月。最晚就是他回苏联度假的时刻。

6 月 27 日，周二

我的生命遭遇到了至暗时刻，而且还不能公开承认。失去母亲，甚至失去吕克莱斯——上星期失踪的小猫，我都有权利悲伤，但是 S. 消失得无影无踪，这件事摧毁了我，我却不能够表现出来。今天夜里，我泪水滂沱，想要死，恐惧地发现我的臀部不再紧致，我知道我不可逆转地老去，从而会不可逆转地坠入孤独。我也许看不到戈尔巴乔夫了，S. 也会有别的女人，这些事情都是可能的。我已经整整三个星期没有见到他了，并且和四月不同的是，我并没有出行。应该是分手的时刻了，不再承受痛苦。

晚上，看了《42 年夏天》。所有影片都是讲爱情的。我哭了。"我不应该再见他"，影片结尾，叙事者的画外音说。永远是同一个故事。也许也是我的故事。

6 月 28 日，周三

我在伊莱娜·S. 家第一次遇到 S.，至今已经整整一年，是下午五点半左右（他迟到了），但是当时对他没有任何想法。只是到两个月之后才有了意义。

我总是自认为已经抵达痛苦的顶点，然而并没有。今天夜里，我醒了两次，哭了，我觉得心仿佛都要爆了，非常害怕。又回到了 1963 年夏天的意大利，甚至更糟。根本无法知晓。但是有什么要知道的呢？他的冷淡就说明了一切，不管原因是什么，工作，或者有了别的女人。而且我的骄傲也已经荡然无存，因为他没有邀请我参加戈尔巴乔夫的招待酒会。

6 月 29 日，周四

他一会儿会来。这天夜里，梦到我领着个没穿衣服的孩子在伊沃托的街头，共和国大街，是去看医生的？还是去教堂？在我的梦里，我和 S. 有约，就像在现实里一样。我看到了一个大十字架，耶稣受难的十字架。无法辨认。

我生活在两个时间里，一个时间是没有约会的，非常痛苦，而另一个——就像今天一样——则没有任何想法，只是为马上就要成为现实的欲望而感到惊悚，这欲望成为现实，从来没有像我想象的那么完美。但是昨天晚上，知道他还没有完全抛弃我，我幸福得哭了（这句肺腑之言对我来说非常残忍）。

十一点。下雨。害怕会被放鸽子，害怕有什么事故发生。准备好狂欢，却最终化为泡影。或者，更确切地说，白准备了开胃小食，白白地把自己打扮得如此"美丽"，等待落空，这是最最可怕的事情。在母亲生命的最后几个月，每一天，我的母亲应该都是这么在等我。

十一点十分。越来越焦虑。暴雨如注，下个不停，看不见他车子的到来。在**节庆**之前，我总是感到害怕，而这是我最害怕的一次。

中午十二点。也许他不会来了。而这个六月应该是这么长时间以来最黑暗的一段时光。在最热烈，最灿烂的这几天里，我从来没有这样不幸过。

下午四点。他来了，因为必须送个人去机场，所以来晚了。差不多待了两个小时之后走的。"你的儿子嫉妒我吗?"他也一样,要成为最受宠爱的那一个,想要挑起别人的嫉妒……但是他比我强大多了,几乎只想着自己的事业。除非他隐藏了自己的把戏,他是个调情高手。但是怕别人知道我们俩的关系难道不是一种信号吗?这种担心对他来说是不正常的。还有他的袜子,今天穿的是一双高筒袜,袜筒一直拉到膝盖,深色的(回忆起了母亲的……)。问题一直都在:究竟是什么让我对他如此迷恋?不仅仅是肉体的快感,这已经过去了,如果能这样说的话(这是真的悲剧所在)……就只是因为他是他,差不多在一年前闯入了我的生活,但是还远远不够。为什么在日记里,我总是避开所有表示出他也对我有所迷恋的迹象呢,而这些才是我不知疲倦地回忆起的东西?是为了不要在这里记下我的**一切**弱点?例如他问:"你一个人去度假吗?"我希望把这个问题看作是他嫉妒的表示。

6 月 30 日，周五

为《星期日-人道报》写两行关于戈尔巴乔夫的文字。如果是往日，我可能不会接受。但是现在，就好像是在精神上和 S. 在一起。今天早晨，同样的方式，我蜷缩在被子里，似乎又在和昨天一般的这张床上看到了他的身体、他的脸。非常甜蜜的场景。他有一种很自然的客气（也许是一种疏离?）。我看着他，**感觉到他不同往昔**，对他有一种超脱的温柔之情（这对我来说是个陷阱，以前对菲利普就曾经是这样）。

我喜欢他不带香烟来——他是故意的吗？——然后问我，是不是能拿一包走。我："把另一包也拿走。"——"好吗?"他把两包烟揣进口袋里，再也没有任何其他让良心感到不安的问题了。嫖客? ……

七月

7 月 2 日，周日

今天早上我从梦中惊醒。梦到去了伊沃托的地窖：有个女孩想要和我发生关系，我拒绝了（是不是大卫的小女友？或是他女友的妈妈，因为昨天和我大卫谈起过她们？）。过后，我独自一人的时候，就在这个地方，我在自慰。1952年六月，就是在这间地窖里，就在这个地方，前面是与另一个房间隔开的一扇门，我父亲把我母亲拖了过来，想要杀了她。现在，没有任何其他女人知道这件事情，只有三个男人知道。我爱着这三个男人。此番招认是我对他们的爱的证明。

我曾经有过一段暂时平静的生活，在六月份，还有五月份的部分时间，因为我走到了最为绝望的境地，因此我能够并且有权利得以重生。或者，更确切地说，我有权利与这种黑暗中的激情生活保持距离，虽然这才是真正的生活，但是太残忍……走出这种大脑一片空白的状态，我还知道，几天后，或者几周后，当S.出发去莫斯科时，我又要坠入深渊。但是似乎已经到了不再痛苦的阶段。

我想起了 1963 年，七月初，一片空白，告别了两个月的动荡生活，在我即将奔赴意大利，彻底被摧毁之前。这一次，摧毁已经成为过去，1988 年九月，在列宁格勒就已经发生。我总是比较内心的状况，而不是外在的具体条件。

7 月 5 日，周三

也许是因为戈尔巴乔夫在索邦大学演讲时，我没有看到他，返回塞尔吉一路上我都很难过。走进麦当劳对面的三泉购物中心，我深感绝望，对一切都感到很厌倦。我再也不愿意忍受他的离开，忍受欲望和等待的折磨，我努力什么都不去想。

忧伤有时还是会缠绕着我，就像今天晚上一样，尽管我可以采取软弱无力的失败主义态度（"爱情本就不存在"，"这一切都是自己想出来的"）。我觉得自己在思忖之前激情的利与弊。想起它给我的力量，似乎这又是有益的。所以，我做好准备，重新投入等待与爱情。但还是要克制，事先就要做好幻灭的准备。我想要忘掉 S. 的脸，他带来的快乐，他的身体。让他再次成为去年走入伊莱娜家的那个男人，那个我在去年夏天从来没有想起过的男人。

7月7日，周五

我突然有一种空虚的感觉，缺乏继续活下去的欲望。早上，醒来的时候，我知道我正在经历葬礼，一段激情的葬礼。今天夜里做了两个梦。一个梦什么也记不得了，就知道有乔治·M.。另一个梦里，遇见了在法—俄关系圈里转来转去的一群人。里面有伊莱娜·S.（周三在戈尔巴乔夫的演讲上见过，晚上在电视里也看见了她），S. 和他的妻子。记得和他们握了手。然后我们一起走。有个年轻的金发女子加入了我们，个子很高，很苗条。我想我对她感到很嫉妒，尤其是她脱掉衣服，钻进一个类似睡袋或者盒子的地方睡觉的时候。但是大家都看到她长着男人的生殖器。所以是个雌雄同体的人。我一点也不害怕她了。很难解释这个梦，要么是想说这个女人是 S. 的翻版？（S. 个子很高，很苗条，皮肤光滑得如同一个女人？）

一切对我来说都是那么艰难，我觉得很痛苦，我把持不住自己，也没有能力下次对 S. 说："不，别来了。"但是，对见面也没有期待了，也许是他去莫斯科之前最后一次见面。

7月8日，周六

我不知道我要写的是什么，甚至不知道我会不会写。无论如何，我再一次付出了昂贵的代价。夜里，我有强烈的死亡的欲望，在道德上忍受如此剧烈的痛苦，我觉得任何东西都可以救命，镇静剂、毒品。幸而我手边只有间苯三酚口服冻干片[52]。真正的原因并不在于 S.——现在我对我们的关系能看得清楚一点了——而是**对于写作的绝对需求**，但是我总是很难将这种需求与自四月底以来所感受到的生活的痛苦区分开来。也就是说，我处在这样的一个空洞中，在这里，死亡、写作与性纠缠在一起，我看到它们之间的关系，但是无法战胜。将它倾吐到**一本书**里。

夏天总是同样的沉默。以前，是等待（等待发生一点什么，当然是指艳遇）。现在，我知道等待的出口就只有灾难（C.G.、菲利普、S.），我只能依靠词语来填满这个空洞。

7月9日，周日

这一痛苦——今天似乎已经能够有所克服了——是因为两个事实共同造成的：一是写作的需要，二是清醒地意识到 S. 对我是没有爱的。两者却是联系在一起的。就等着真相形成，这样我才可以落笔。但是并非今天得到的真相要比以前多，只是信仰发生了变化而已。我只是放弃了激情，投入写作。但是从一个过渡到另一个的过程是残忍的，也很模糊：不管怎么说，我还是在等 S. 在出发回莫斯科之前可以给我一个电话。

7 月 12 日，周三

十二点。到明天，距离我与 S. 最近一次见面就是两个星期了，他音信全无。也许生活就应该这样：接听他的电话，接待他的来访，但是不再等待，蜻蜓点水的吻就够了！只是我不会这样生活。永远也学不会，即使越来越应该努力学会（一个五十岁朝上的女人应该满足于这样的生活吗?）。我还有的是时间，目之所及都是时间，直到九月份，我还没有开始写，也许因为"开始"意味着几个月时间里的迷失。

梦到了母亲，充满活力，而且还没有失智。她带来一个折叠床垫，然后展开。接着是火车，我坐在一个精神失常的人旁边。我于是换了座位。

7月13日，周四

夜晚，尤其是夜晚醒来是很可怕的事情：不想醒来，想要沉入睡梦中，直到痛苦退隐，等着这一段必要时间——也就是说，我生命的这一必要阶段——过去。还有这一不无矛盾的愿望：让衰老的进程停下来。关于性，关于难以遏制的欲望的梦。是的，当然，这些尤其是和 S. 相关的。从今之后我所期待的——这是最卑微的、最朴素的，因而也是极具侮辱性的——只不过是能见他最后一面，哪怕只有一个小时。但是有一个附加条件：九月，如果他还回来，我不希望再见到他。因为**最终**，还是应该让我有一点掌控的权力。

醒来的时候想，这是"痛苦之床"。我是一个一无是处的人：我究竟在做什么，眼下，我究竟给这个世界带来了什么？我越来越意识到，我爱上的是一个投机钻营、麻木不仁、骄傲自大的人。但是我以前就知道这一点，只是这些东西对我来说也没有什么问题。

大革命两百周年的纪念活动开始了，我没有受邀参加任何一场活动，但本来我还正想趁此机会好好沉醉在虚荣心里呢。如果他明天还没有电话来，又创了最长时间"记录"。

一片四叶草躺在我给他的信里——如果我们能再见到的话。哦，轻佻少女的神话，所有不可能的幸福的秘方。

7 月 14 日，周五

最恐怖的，节庆，到处都是节庆。广播、电视、报纸穷尽铺排，连绵不绝，而我的痛苦，在今天凌晨五点达到高潮，无法承受。我再也睡不着了。我审视着我的激情和他的冷漠。骄傲，同时还有对自己的厌恶，这一切让我想去死，让我泪如雨下。一方面告诉自己，一定要分手——可另一方面，回忆便纷至沓来，使得分手变得不可能；记忆在此时就只是痛苦——这难以承受的过去，这种对过去几个月的否定（需要那么多时间才能平息欲望……）都让我不再有活下去的意愿，更确切地说，是不再有继续活下去的意愿。还有，我已经发现我的直觉应该是对的：五月中旬应该有"什么事"发生了（就像十一月底的时候发生了什么事一样），使得他彻底远离我。

两个问题，一个是"如何才能不再痛苦"，另一个是"如何才能拴住他"，这两个问题的答案是不一样的，也许除了在这一点上有所相同：找到机会告诉他，结束了。在这样的一种宣告中，总有一种重新征服的欲望在……

下午三点。今早他在我的至暗时刻打了电话来："节日快乐。"漂亮。他几分钟或者一个小时以后来。

生活，荒诞的生活，这些事情竟然还要继续发展下去。7月14日！法国大革命对去年11月的俄国革命（使馆招待会后，他来了）。五年前，P.，也是在同一天。仿佛攻占巴士底狱让男人们兴奋昂扬。笑——我将和他一起笑。但是接下来，是失去，痛苦和空虚。

7月15日，周六

他下午三点二十五或三十分到的，差不多在八点十五分离开。五个小时，他似乎不像在冬天（11月）的时候那么充满欲望，但是我一如既往地沉醉于我们对彼此的抚摸，我们不断地重新开始。昨天，他的时间比较充足，这也就意味着我们说了更多的话。悲剧，近乎疯狂的疲惫。昨天晚上，瘫在床上，我就像一块石头，无法动弹。我沉浸在他的气息中，这让我做不了任何事情，尤其是写作。每隔两个星期见一次面，差不多是现在的平均频率。一周是比较适合我的频率。我知道他的妻子可以满足他的需要……或者还有其他女人？"女人真不好搞（定）"，他的这句话是什么意思？他曾经想搞定女人，却没能成功，还是他好不容易搞定了另一个女人？总的来说，他也不是很擅长勾引女人？在我们的关系开始以前，我觉得他很害羞（在列宁格勒的火车上，面对与他开始时本应该在同一个卧铺车厢里的女人，还有在拉巴特街，面对一个问他讨香烟的嬉皮士）。但是害羞的人有时也能成功，证据就是……尽管在列宁格勒那天晚上，是我主导的一切。今天早上，我就像 1963 年在圣伊莱尔杜图维（Saint-Hilaire-du-Douvet）之后一样，身上软绵绵的，我的身体仿佛刻有他的形状。很明显，这种就像酗酒或者吸毒所带来的自我意识的丧失，是最令人向往的，也是最危险的，至少对我来说是这样。

当然，我如此迷恋他的原因有很多，但我认为，主要是他掺杂着粗暴的温柔，他的年轻——这让我可以尽情地爱抚他，他让我在羞耻中度过的二十年有所补偿，而现在我却生活在快乐中——还有他的苏联国籍。

7月16日，周日

为他写点什么。但不是很顺利，至少今天是这样的。我现在习惯于虚度光阴，一点也不为此感到害怕，没有罪恶感。今天晚上，恰巧看到这个场面，感觉很震撼：电视上，在播一个和俄罗斯教堂有关的节目，一个修女谈到了她在扎戈尔斯克得到的神启，说"就如同坠入了情网"。我也是，在扎戈尔斯克的圣像博物馆里坠入爱河，但我爱上的不是上帝。

7月20日，周四

醒来，又觉得活着了无意趣。非常奇怪的是，恰恰是因为几天里面我根本没有闲暇去思考（周二和周三在阿维尼翁，非常狂热的气氛，很令人愉悦）。一个二十岁的小伙子表现出了欲望和欣赏，米雪琳·V. 的"牵引力"和公共关系比什么都令我失望，因为我的身心就只被 S. 占据。

重读了去年的日记本：并没有十分出色，非常空洞。没有给我带来安慰。我又开始为 S. 不在身边而感到痛苦，自上次见面已经过去六天。这会儿，我已经没有了要为他写点什么的欲望，我想要通过写作来忘记他，摆脱他，而他却总是顶着渥伦斯基的一张脸出现在我眼前。

《一个男人的位置》已经离我很远。唯一令我激动的时刻，是想起来到这里的人，坐在板凳上，听我父亲的故事，父亲曾经历的一切的总结与意义，不明就里——我想他们应该也能够感受到痛苦［因为父亲一直很消沉，我也一样，祖母那边整个家族，勒布尔（Lebourg）家族都是这样。］是的，我完成了什么东西的报复，我报复了我的出身……

7月21日，周五

一周。梦见和达尼埃尔·拉封（Danielle Lafon）
（她昨天给我写的信）一起度假，她告诉我说，我和
一个家伙（有可能是个鸭，又或者不是，我有没有付
钱给他呢?）上床了。接着，我又很害怕自己感染上
艾滋病。后来，我的梦里出现了 S.，但是我看不清楚
他的样子，很模糊。

7月23日，周日

重看了 1963 年的日程簿，对 Ph. 的等待，罗马、
圣伊莱尔杜图维和列宁格勒并不相似，不完全一样。
但是我仿佛又看到了同样的等待，我有着相同的欲
望。在某一个瞬间，昨天在罗马的我就是今天的我，
两个男人也合而为一，虽然 S. 要高很多，也更温柔。
我和 S. 的相遇，在列宁格勒的那一夜，就像是那个
二十三岁的年轻姑娘在罗马干的事情。和 1963 年的
那次同样抒情，同样令人心醉神迷。这种相似性令我

感到害怕：和 S. 在一起，我会变成什么样子？我不能说是**男人让我失魂落魄**，而是我的欲望让我失魂落魄，我总是屈从于（或者说主动找寻）某种可怕的东西，我自己也弄不明白，这种东西是在和一个身体合而为一时产生的，也会很快消失。

7 月 25 日，周二

就在我已经不再等的时候，他在十点二十打电话来。很奇怪的是，这个电话给我再平常不过的感觉，然而前一夜，我对他产生了那么强烈的欲望。我梦到了他："你想要干什么？"——"我想我们一起玩"，他在梦里说，就是做爱的意思。我在电话里显得非常疏远，就好像他来不来都已经无所谓了……然而我却只想着他。

7 月 27 日，周四

十点半。昨天产生过一个令人心寒的想法：今天是最后一次见面？一整夜都被这个问题纠缠："现时究竟是什么？"就像现在一样，在那会儿我只专注于我们将要共度的这几个小时——也许是最后几个小时。在这几个小时里，除了做爱，我每时每刻都会感受到难以置信的失落。

我也知道我为什么会如此依恋 S.，他是那种其实并不能真正控制我的男人，既遥远，又温柔，是父亲（就像我的父亲一般）和可爱的金发王子。在扎戈尔斯克，我本应该三思而后行。但这是个无与伦比的俄罗斯男人，与一个女农民十分相配，其实在我的心底，我就是个农民。

九点二十五分。我很清楚，但是只要没有被言说出来（或者写出来：在文学上，不要绕弯子，不要影射），那么多事情就是不存在的。而之后，这些事情就永远没完没了。从欲望和做爱的角度来说，这是一个十分美好的夜晚，电视成了背景（就像以前，在

1958 年，放的是达莉达[53]的歌《我走了……》)。他呼唤着我的名字，当我说"我喜欢和你做爱"的时候，他说："我也是。"又是想要弄明白一切的喜好在作祟，也就是说，是对摧毁的喜好，时不时像个恶魔一般跳出来，于是我对他说："我爱你。"他用俄语回答了点什么，我也听不懂，我让他再重复一遍。"你只爱玛莎吗？"——"是的。"然后我回应他说："这就是我要离开你的原因。但是你不会悲伤的，因为你很坚强。"他再次回答说："是的。"是时候离开了。这些不能被其他话语覆盖的话语摧毁了我，除了这一句——"我下周给你打电话，你在吗？"一波波发人深省的话语。把他看成一个花花公子——或者说高富帅！——有点粗暴（不过也不算太粗暴），享乐主义者（为什么不呢）。我告诉自己，我把一年的时间，还有金钱都给了这个男人，走的时候总是问我能不能拿走桌上那包已经拆开的万宝路。事情总是回到原点，不管你是二十八岁还是四十八岁。

但没有男人，没有真正的**生活**，我们究竟能做些什么？

今天，我戴上了母亲的婚戒。后来，我想到母亲可能从来没有经历过我的手（是右手，主要是在面对S.的时候避免让他误解是我的结婚戒指）在做爱过程中所经历的这一切。现在，我想到这一行为觉得有点奇怪，因为完全是无意识的，出于内心深处的一种本能的欲望，我其实是把戒指当成**护身符**来戴的，完全没有要亵渎母亲婚姻的意思。所以这不是亵渎，而是别的东西。已经死去的妈妈的戒指参与了这种爱的仪式，虽然妈妈一直对此加以痛斥，但实际上却一直都想。

他一直纠结于女人年龄的问题，也许是为了表达对于我的年龄所产生的疑惑，我比他大十二岁，接近十三岁。尽管开始的时候，这一切都不是问题。

7 月 28 日，周五

一切变得越来越难承受。但是我还是对自己说，这场艳遇是美好的，此后我一定会认为我运气很好，才得以和一个漂亮的俄罗斯小伙子做爱。为什么这不能给我带来幸福呢？带来……爱-情。我梦到一出戏，戏里有 S.，还有其他人。邮递员说有我的一个包裹，但是**没有人**愿意去拿，于是我只好**一个人**去：是一支很漂亮的钢笔，绿黑相间。意思很明了：只有写作……残酷。也许，同时这也说明写作是让我得到爱情的一种方式——而对我来说，却是终止爱情的一种方式。

昨天最后的场面给之前的幸福带来了阴影。之前一切都很好，比如说，口交的时候，他用他的双手轻轻拽着我的头发，就好像拽着两条辫子一样。我们一直在对视。在卧室里，他似乎不再回避镜子，甚至是在找寻它。

7 月 30 日，周日

阴郁的星期天，下雨。思想一片混沌。我拒绝去想未来的约会，拒绝去想关于 S. 的抽象问题，因此也拒绝对我的感受做出分析。但我也无法全身心地投入其他思考中，因此我觉得空虚，还有不满。

梦到我带着一个箱子去坐火车。是在美国。站台和火车踏板之间距离太大。后来又来了一列火车，我好不容易踏上去了，付出了额外的努力与专注，并且保住了箱子。我同时能够保住箱子——S.——和写作吗?

八月

8 月 2 日，周三

他十点四十五分左右打电话来，我当时正在看《大洋》，讲 1924 年至 1928 年苏联的系列电影。他会在 8 月 4 日来，不可思议，竟然完全是 1963 年的重复。在我的潜意识里，虽然间隔了二十六年，但有什么东西是一致的：等待的力量，欲望的力量。S. 相对而言的年轻也占了很大的比重。男人总是靠持久力来取得雄性的胜利和温柔的征服的，他是如此温柔，还有他的皮肤、他的头发，他抱着我，让我觉得自己还是十八岁时候被拥抱的样子，那是在伊沃托，在公墓附近的一条小路上，我被 D. 抱住。S. 和塞斯的小伙子一样对我充满欲望，比以前的某些大学生要好许多，甚至也许比意大利的 Ph. 要好。

是不是因为我写作，所以我就以另一种方式在生活？我想是的，也许我是生活在最深层的痛苦里。但也不总是：这才是悲剧之所在。

8 月 3 日，周四

还真不会是简单的重复。他是 3 号来的，今天下午，四点十五分（直到晚上十点）。我身心俱疲，无法割舍。被我们疯狂的做爱方式弄得目瞪口呆。破天荒的，在我们上次约会一周以后，他就来了。（我记下这些，就是为了和前后做个对比，我记下的都是自己从来不能够确认的。）第一次，我产生了想要把他湿乎乎的三角裤留在我的枕头底下的念头。他前所未有的，疯狂地啃噬着我的乳房，毫无羞耻感地在我的房子里走来走去，他和我说起我的上一封信。但是这一切对我来说仍然是晦暗不清的，不能证明他的爱，自然无法证明。

8月4日，周五

奇怪的夜晚，几乎有些神秘，身体之爱在我身上产生了一些从未曾有过的效果，可能和毒品所产生的效果有一比。首先，是我的胳膊和腿，非常沉重，就像被卡车或者大石块碾压了一遍。我一点也睡不着。接着，在很成问题的睡梦中，我的整个身体都被深埋在——或者说被紧紧地压在——大地、天空上，反正是世界的什么平面上。我与某种广阔的东西结合在一起，我自己被拉宽了，成了扁平的一块，很沉重，却充满了幸福感。没有飘浮在空中的感觉。是参与到某种自然的重量之中的感觉，参与到自然的运动之中，非常美妙。我真正**醒来**是在七点半钟，真的是精疲力竭，还没有明确的意识。显然，非常戏剧化。

8月8日，周二

这个假期的无所事事让我想起了少女时代，甚至是小女孩时代的无聊假期，从1951年开始（1950年的夏天是最后一个玩得很尽兴的夏天）。在无聊的假期，要做的就是消磨时间，用各种不太重要的活动去打发无聊时光，其中就有阅读。之后，**夏天的写作就**具备了这种填充死寂的时间的功能。

醒来，记起梦里的事情，梦见在公共汽车上，也就是说，又一次在公共交通上，接着变成了一个俄罗斯人。等意识清醒过来，尼赞[54]的一句话在耳边回响："我和您说过，人们很无聊！"我想起了母亲的狂热，她一直都有工作的欲望，还有我自己的需求，我始终想做点什么有用的事情，尤其是对世界来说有用的事情。政治书写，社会行动，因此便会有这种介入的愿望（甚至在爱情中，我也想要不惜生命代价地投入），有实际运用的需要，想要为别人带来些什么。

8月9日，周三

我用俄语做了个梦，我讲俄语，用俄语思维。至于内容我记不得了。接着是乌安小姐（Ouin），我在圣米歇尔寄宿学校读书的时候，五年级到三年级的历史老师。我的鞋子发生了一点问题，最终我还是找到了。（是关于"再一次合脚"的隐喻？）

昨天，我撕毁了寄给 P. 的信，是他还给我的。我很吃惊，我竟然写下过这样的句子，当时我正在写《一个女人的故事》。我知道这些信不过是遵循惯例，但是这当中却看不出任何惯例的味道。

8 月 11 日，周五

我的公公死了，今天上午火化，我不到场。因为 S. 昨天来过，我选择待在这里。说什么呢，只有痛苦，现在已经确定了，他几个星期之后肯定离开法国。美好的故事、疯狂、柔情就此打住，一切都将在岁月的冲刷下趋于平静，最后如同什么都没有发生一般。在荧屏上，下午在放的是《多萝西》《旧金山的街道》《诉讼辩论终结》或者诸如此类的片子，还有《大革命日记》，电视上翻来覆去放的就是这些，而我们在做爱，吃东西，大汗淋漓，在互相抚摸的时候，我们的双唇贴在一起不愿意分开。是的，多么美好的故事。昨天，我快乐所能抵达的极限被一次次地推向远方。对他来说，可能有表演的成分。这并不意味着什么，只有欲望是最重要的。

我并没有变：这天夜里，我觉得自己还像是圣伊莱尔杜图维之夜过去之后一般，脑子里出现的是同样的句子，"我的疲倦就是他曾经在的印证"，也是即将消失的他。

他十点半走的，比上次走得还要迟。害怕她会发现。

天色阴沉。不管是我的精神，还是内心，总像是在二十二岁。这是悲剧，当然。因为我不能再像过去那样，"等他回来"。（想起了这首歌，《卡玛格的看守员》，这里面有句歌词，"美丽的姑娘，等他回来吧……"我为自己放了这张78转的老唱片——这是在1956年，为了G. de V.……后来，在1958年，换了派特斯乐队[55]的歌，对象也更换成了C.G.，到了1963年，让我感动的歌是"我的记忆在衰退／但我还清楚地记得这一切"，还有《爪哇女孩》。）四年后，我有了更多的皱纹，我会进入更年期，而他正好四十岁，年华正好。

"你带给了我很多，很多"，他说。我猜他的大概意思是要说，在情色方面和身体方面我带给他很多。

对我来说也一样，这方面的东西和其他影响一样重要，即便不是更重要。

昨天，发现了这条谈不上剪裁的短裤，显然是苏联货，这让我回想起了六十年代，穿的就是这种蓝色白条的短裤。也许是为了欺骗他的妻子……或者因为他压根不在乎——但通常情况下应该不是这样的——这些私下里的细节。还有，他仍然一直穿着袜子。我从来不说任何一丁点有可能伤害到他的话。有时不经意间冒出来，我就立刻会找补回来，我也因此而痛恨自己口不择言。无论如何，这种事情也不过一两次而已，不会更多。在他面前，我既扮演一个荡妇的角色，同时也扮演一个母亲的角色。

8 月 17 日，周四

他连着三个周四来，这个周四他不来了，也许下周也不会来。我又沉浸在不同方向的痛苦之中。想要见到他的欲望如此强烈。想到他待在法国的时间不多了。想象着他走了之后，便是**永不再相见**，这将是怎样的日子？在半梦半醒之间是无尽的梦。模模糊糊地梦到母亲，她疯了，她试图自救。她给了我一包相片，都是"从来没有公开过的"，也就是说，并不是真实存在的，比如说在我伊沃托家的热讷维耶夫的照片。梦到在一幢房子里发生的激烈冲突，其中有莉迪亚，菲利普的妻子。还梦到了性的场面：我在里尔，成了犯罪分子、抢砸分子的窝藏犯，实际上是在芝加哥。和非常年轻的姑娘们在一起，我跑啊跑啊，穿越沙丘，穿越不知道什么地方，为了躲避强盗席地而睡，但强盗却不知道在哪里。我们到了一幢屋子里，躲在门廊下。那里有个小伙子，正在给一个很大的布娃娃脱衣服。于是他走近陪着我的一个姑娘，姑娘是不太显眼的那种。小伙子进入了姑娘，立刻达到了高潮，就像是那种 X 限制级影片里那样。我看见精子在姑娘的阴唇上播撒开来。我很奇怪，这个姑娘如此之"乖"，任由小伙子**占有**（这个词是当时跳到我脑子里来的第一个词）她，既没有表现出羞耻，也没有表现出悲伤。她是谁？那个以前的**我**，还是那个我想成为，却未能成为或后来才实现的自己？

看到埃里克一直在那里，提醒我没有接电话，我感到非常恼火。我的母亲，我的丈夫，我的儿子……等十月份埃里克走了之后，我知道 S. 也要走了，而在这里独自一人的环境就再也没了用处。

前天晚上，我睡下的时候想：如果说 S. 最近这段时间来得那么频繁，这不是因为他要走，而是因为他的"另一个情人"去度假了。这个念头立刻让我感到很寒心，于是我开始对一切感到怀疑。但是这想法和过去某些时刻一样，到底也没有成为确信不疑的事情。

我试图回想起他的动作，他的表达：

当他表现出对我的欲望时，他紧抿的双唇间涌现的微笑，更是一个假笑。

他一边摇着头一边说："啊！不！"的方式。

夜已深，我们因为过度放纵，十分疲倦时，他如此温柔的面庞，带着孩子气，还有他想要拥吻我时已经微微张开的双唇。

他说，"听我说！"，愤怒的样子……（说到东正教神父去看罪犯，为了让他们得到"救赎"的时候——他不相信"救赎"，那种摩尼教的教义。）

8 月 18 日，周五

音信全无，八天，在度过了这样的三周之后，这样的日子显得尤为艰难。他是不是在安德烈·S. 家？他是不是有"不得不完成的任务"？我用录音机录下了我的所有日记：我将在什么时候重新回到现在，回到这些在激情中写下的文字？这样做却不能够缩短等待 / 渴望的时间。甚至比不具有任何行动意味的做梦更糟糕。

第一次在 Canal+ 付费频道看未经解码的 X 限制级影片。开始的时候很惊讶地看到（很好，尤其是镜头切近的时候）特写的性器官。一点也不令人兴奋，很机械，由于我听不到台词，这还不如书来得色情。没有看完。但是，今天早晨，我的脑海里萦绕着这些画面，非常清晰的**实用操作指南**。亲眼看到这样的画面要比从语言出发的想象更具表演性。最撩人的画面总是男人在女人的肚子上射精，"我要在她身上广赐和平，精子，有如河流一般"(《圣经》)。

8 月 19 日，周六

我最害怕的，最可怕的：他打电话告诉我，"我回莫斯科了"，或者"我们很快就不能再见面了"。或者他过些天给我电话，而我正在佛罗伦萨。这种可能性肯定会毁了我在佛罗伦萨的日子。

8 月 21 日，周一

更害怕的是，他已经走了。自然是没有通知我。昨天晚上放的是一部关于克格勃的影片。在我的脚下仿佛张开了一个巨大的未知的深渊：在他的存在之中，我出演的是怎样一个角色呀！也不确定他究竟是不是情报人员。曾经做过一个克格勃的情妇，再也没有比这个更加浪漫的了，但是在过去的几个月里，这个可能性对我来说一点也不现实。也许完全是乱想。或许我写给他的信被留了下来，作为值得留存的资料，至少可以作为西方糜烂生活的物证……

8 月 22 日，周二

早晨的梦平复了我因为 S. 感受到的害怕：我放任密特朗追求我，尽管我很讨厌他，这样做含有屈从的味道。我们一起坐地铁，两辆地铁都没能挤上去，因为人太多了，第三辆地铁迟迟不来。于是得在站台一家快餐店的餐台上吃午饭。密特朗于是被认出来了。另一个梦：P. 从匈牙利给我带了一件白色的、绣有红色花饰的裙子，很有特点。

8 月 23 日，周三

这一次的梦差点让我在醒来的时候放声大哭。梦的情景发生在楼下，我坐在 S. 的腿上，用俄语给他写信，我试着用我熟悉的表达方式。有时我会弄错，于是改过来，比如我会把"m"写成"t"。梦里的这一切是多么清晰啊！内容吗？就是我爱他，而他只想着自己的工作，rabotal[56]……我转过身，他的面容是多么温柔啊，就像现实里一样。我们于是在扶手椅里做爱。

灰色的一天，真可怕。明天就是两个星期了，而他留给我的时间已经不多了。他在哪里呢？于是我再一次置身于六月的恐惧之中，甚至比六月还要糟糕，是五月的恐惧。我并不能排除他不通知我就已经回到苏联的可能。之所以不通知我，就是为了避免告别，尽管他承诺过。想到这点我简直要发疯，痛苦得发疯。如果到周六他还不来电话，那还真可能是这样。

8月24日，周四

又一次，我做了最坏的打算。但是昨天十一点四十分，我正在阳光下读《世界报》的时候，他来了电话。现时究竟是什么？整个晚上，整个夜里，我都在问自己这个问题。现在，现时终于成了真正的现时／未来。今天晚上，他就是现时／过去，是真的可怕。想到后面的这个念头，我现在所经历的就有了一种特别强烈的意义。于是我也不再想要知道我们做爱的这些个下午对他来说究竟意味着什么。也许别的意义都不存在，就只有这个，做爱。

我原本想要记下我们每次相遇所想到的，或者计划好的细节：（1）我穿的裙子。（2）我准备的食物。

（3）等他到的时候，我所在的地方（他也参与计划）。能够起到如此美化作用的这些场景，将生活提高到"浪漫的"文学的层面。还是应该让自己能够享有这份奢侈。

现在是三点十分，还有一个小时。

晚上，十点半。现时就是，四肢无力，一切都是模模糊糊的：我们的约会才结束。他竟然去了罗马、佛罗伦萨！从阿维尼翁回来的。从中得出的结论是什么呢？单纯的巧合，或者是想要了解我也了解的这些地方吗？我也不知道。他十月份走。他希望能够在两三年后与我再度重逢。甚至"十年，二十年，三十年后。我第一个打电话的对象，是你"。

8 月 30 日，周三

天色阴沉，有些冷。晴朗的天气到上周五就结束了。我买了过冬的东西，因为那会儿他就不再在我身边了。离别在即。再加上我和去年一样，差不多是在同样的日子，要去意大利，此时和孩子们在一起，也是和去年差不多的气氛。埃里克在工作，大卫接待他的伙伴，一切都还没有发生，有一种我要再次出发去莫斯科的感觉，似乎年复一年，循环往复。这种永恒轮回的想法。

8月31日，周四

无论如何，昨天还是个晴天，但是他没有像上个星期四那样，我在花园里顶着太阳干活的时候打电话来。不好的预兆，他这个星期可能不来了，下周，我只有两天的时间就要出发了。我禁不住想，也许我去意大利之前不会再见到他了。今天早上，"迷失的小舞会"这支歌让我潸然泪下，不是因为回忆起布尔维尔[57]唱这支歌的那年，那时我二十岁，正在读预科，而是因为我很快就要失去 S. 了。在 1958 年，我荒唐地等着 C.G.。我那时希望——是真的——再过一年，甚至两年三年，我能够变得更有教养，更自信。现在，我却只能更加暗淡，更加了无生气。我唯一能够期待的东西是写出更加"美好"的书，有更多的"荣耀"加身。待到那一天再来看，可能没有什么要显摆的。

昨天，大卫的伙伴来访，一起打了桥牌，等等。这让我想起了去年十月，那时我没有电话要等，比现在的情况还要糟糕。如果不是这段激情给我带来持续的痛苦和不确定性，也许我不会坚持这么久。我总是有转瞬即逝的念头，觉得种种迹象表明，在他笨拙的外表下，他可能就是一个花花公子式的求爱者。但这方面的事情真相已经不再重要。剩下的时间已经很少了。

下午五点。下雨。最糟糕的是，对一个男人的味道的欲求，那是一种类似秋天蘑菇的味道，潮湿，强烈。很快就明白过来，几个星期后，我将彻底被剥夺这种味道。随之而去的是曾经向我张开怀抱的一切，苏联，臆想出来的他的童年或青年时代的记忆。

九月

9月1日，周五

阳光，风，1989 年的美丽夏天正在慢慢逝去。而如果我说的是"美丽夏天"，是因为我相信，这会是留在我记忆中的印象，尽管我完全不在状态，尽管除了对 S. 的欲望之外，我没有任何其他的计划。

生日——四十九岁——尽管很快五十岁就要"不经意地被点燃"，将是令人惊恐的十年。对于今年，愿望虽然简单，但很难得到满足，想要写一本书，是一种"总结"——或者其他的东西——尽管我已经不会再迟疑，但是书的结构还是没有确定下来。我希望依然能够以一种激情的方式为这个美丽的苏联故事画上句号，我还想他走了之后，我仍然能够定时地接到莫斯科的来电，千万不要像 1958 年的十月到十一月间那样，承受空虚。

他昨天打了电话给我，差不多在十一点四十左右。有一种神的宽恕的意味，尽管有各种性质的障碍、距离，例如年龄、国籍，以及最致命的空间。

9 月 4 日，周一

今天晚上，我的四十九年都不再重要。一切都不重要。只有这深深的迷恋，**这个**，无法形容的柔情，然而，就只有柔情，当然还有肉欲。但是和他还从未有过这样的分离。我精疲力竭。出发去意大利……就像 1963 年圣伊莱尔杜图维之夜以后。永恒轮回？一个我今天晚上压根儿不想去提的问题：无论如何，是个美好的故事。

9月5日，周二

我把他生日那天的报纸送给他。这份体贴让他觉得是多么幸福，从中能够感受到无尽的柔情。这个圆闭合上了吗？就像在十月，十一月。"你真是棒极了"，他说。就像那时候一样，我们用唇爱抚对方。我们之间达成了完美的一致。我喜欢服从，喜欢他高高在上的姿势，他在背后，他可以看见我，我却看不到他，口交也是一样。我依然很难拼凑起他的面容——我似乎忘掉了他长什么样子。这一天夜里，我确认自己应该写"一个女人的故事"，一个处在时间和历史中的女人。

"从什么时候开始苏联处于困境与紧缩之中？"——"自戈尔巴乔夫执政以来。"很尖刻。从中可以得出怎样的结论呢？

我想，他现在应该喜欢上了我高挑、苗条的身材。他抚摸我的肚子的方式是那么温柔。还有当我用嘴让他得到了满足（最后一次应该是在十二月，我想）之后，他长久的亲吻。我不知道，想起这一切，我们又如何能够分离。阿拉贡关于俄国革命的诗句，"分离之后是心碎……"恰恰自上星期开始就在我的脑海中盘旋。

很快我们在一起就一年了，我们有了新的拥吻方式，还有，我们能够不断地重塑我们的欲望。

9月7日，周四

佛罗伦萨。为什么我会想到要回佛罗伦萨看看呢？我也想不起来了。这座城市比不上威尼斯，而且也没有我在罗马拥有的回忆。它的唯一好处是可以把我带回1982年，那是我第一次去佛罗伦萨，在和我的丈夫共同生活十八年后，我失去了他，也满足了我想要自由的愿望。但是今日不同于往昔。我脑子里满满的都是那个即将离开法国的男人，那个和我共同拥有激情回忆的男人。这天夜里也是一样，在火车上，我的眼前不停闪过周一的种种场景，以及我正在计划中的和他一起的种种场景。

饭店位于亚诺河畔，非常喧闹，这份喧闹让我想起 1963 年在罗马时的心理状态："我在那里干什么？"

今天早上，做弥撒归来，波提切利[58]的《春》。毫无意义的圣洛伦佐教堂[59]，巴迪亚修道院[60]，据说但丁就在这里遇到了贝阿特丽丝。巴尔杰洛博物馆[61]，一座美妙无比的建筑。内庭让身心得到了最大的满足。而这座感性、大胆、充满力量的雕塑，始终是对生命的赞歌。我不懂俄罗斯艺术，它过于强调精神层面的美。里瓦尔咖啡馆（Rivoire）的巧克力，时髦的意大利女人，接着是一队日本人（他们总是让我感到很恼火）。我沿着维奇奥桥（Ponte Vechio）走到圣灵教堂，教堂没有开门。一个很酷的嬉皮士坐在我

身边，喷泉边上：与 1963 年一样的绝望。哦！让我
安静一点吧，我已经四十九岁了……但我看起来不
像。感觉这将是漫长的一星期，很漫长。

　　下午。圣十字教堂，我对它竟然没有一丁点儿
记忆，除了圆顶帕奇礼拜堂（La chapelle des Pazzi）
和契马布耶[62]的基督。乔托[63]的漂亮壁画。有人在
那里为家人高声朗读导览。这些有什么用呢？我总
是会**核实**自己习得的一切，我并没有真正感受到快
乐，但是，怎么说呢，总体来说是美的，让人安心
的，有永恒——或者接近永恒——的意味，还有人
性。一种风格化的形式，很让人感动，圣十字教堂
的墓碑。

9 月 8 日，周五

　　今天早晨，我在圣母领报圣殿[64]看了一场弥撒，
摆满了蜡烛，弥撒中还唱了很多赞美诗。于是我想起

今天是9月8日，圣母诞生日。我过去常去做弥撒、领圣餐。1953年的回忆：那时我和表姐柯莱特会在上午去做弥撒，天气灿烂而炽热，下午，我们与米歇尔-萨伦泰约会，他比我大十三岁，却是我第一个爱得炽烈的情人，我与科莱特可以完全分享的爱情，丝毫不感到难为情——而现在，S.比我小十三岁。我觉得在1953年，我已经猜到了一切，对于激情，对于男人。男人，是的，仍然令我心醉神迷，在美术馆里，在米开朗琪罗的《大卫》前，这高贵的身体，在微微倾斜的姿势中。令人赞叹的双手，太有力了，显示出大卫纯粹的力量。每一块肌肉，每一处肢体的连接部分，这髋骨微微凸起的地方是那么准确，在我看来，这一切都是在歌颂男人的身体，经由天才雕塑家之手变得神圣起来。总有女人说：男人的身体很丑。我真不懂这些女人的想法。

绘有创世主题的壁毯，夏娃犯下的错，原罪，但表现得却没有一分罪的意味，非常自然。意大利文艺复兴时期的绘画，耶稣受难，常见的，大股喷射的鲜血。这些场面却是非常怪异。后来，参观了圣马可修道院和安吉利科[65]的壁画，这些在1982年就已经看过了。非常美妙的院子，我在那里一直待到下午两点钟。圣母百花大教堂的穹顶，很压抑，在这座令人窒息的广场上也很有些被压迫的感觉。教堂里面让人失望，我完全不记得以前曾经看过。共和广场多尼尼咖啡馆的三明治和酸角水。天主圣三大教堂[66]，阴森森的。圣弥额尔教堂[67]，更加阴森，非常怪异。

天光渐暗，凉了下来。我打算最后再去看看巴迪亚修道院的院子，我第三次跨过修道院的大门。我走过一个黑色的小楼梯，到达小木屋，有几个人正在观看令人惊叹的壁画：画上是吃饭的场面，绳子上挂着一块抹布，还有一只坐在箱上的狗，面目狰狞。后来就剩下了我一个人。一片寂静。院子中央有一棵巨树。如果有一天我再回来，树还会在吗？令人颤抖的、美妙的一瞬间，最为幸福、最为饱满的孤独。我开始期待我此地许下的所有愿望都能悉数实现。当我走进教堂，我很惊讶地发现里面竟然还有五六个人。她们难道不知道有个院子可以看吗？之前我竟然能有机会一个人待着，我觉得很是奇怪，绝无仅有的、特别的机会。

今晚下了雨。从窗户看出去，鹅卵石的街道亮闪闪的。

9月9日，周六

今天几乎可以称得上有点冷了，一会儿出太阳，一会儿起风。没有特别的灵感，甚至有一种模糊的悲伤。意大利的周末总是让我意志消沉。早上去了博纳罗蒂之家博物馆[68]，没有太大的兴趣，接着去了漂亮的安布罗吉奥市场（Ambrogio）、同名的教堂，然后是古玩市场，都是天价。在这里买些什么呢？我已经不再像以前那样热衷于购物，尤其是像七年前那样。穿过停满了汽车的广场，艰难的行程走到头，终于来到了新圣母玛利亚教堂[69]，但是教堂不开门。我在共和国广场喝了一杯卡布奇诺，几乎有点哆嗦。看了圣母百花大教堂广场和博物馆。看了米开朗琪罗的《圣殇》，这座雕塑已经明确昭示了艺术家的死亡。一些重新勾勒了人类理想如何征服天下的"展板"（十四世纪的？）。令人作呕的创造夏娃的场景，从亚当的肋骨中生出。后来去了美第奇宫，一无是处。最后，新圣玛利亚教堂总算开放了，内部真的是精美绝伦，我是多么喜欢这类教堂啊（大教堂就像一个空空如也的珠宝盒）。马萨乔[70]的《圣三位一体》，我在画里找了一番圣灵，却是徒劳。对了，我忘记了今天上午，在美第奇教堂看到了米开朗琪罗创作的几组非常精美的墓葬群雕：脸部模糊的"白日"和"黑夜"——"黎明"和"黄昏"。这一次，我可能真正发现了米开朗琪罗的力量和天赋。

今天晚上，我有点后悔竟然计划要在佛罗伦萨待这么多天。小小的房间，难以忍受的邻居（一个声音难听到可怕的女人，比我母亲的声音还要可怕，因为母亲至少在外人面前还懂得克制）。犹豫着要不要一个人去饭店吃饭，和以前晚上犹豫着要不要下楼到大学食堂去是一样的……

9 月 10 日，周日

金黄色的，外省的周日，从客观上说，佛罗伦萨的今天比其他时间更舒适一点。但是我相信我人生的意大利阶段——威尼斯除外——已经结束了：1982年到1989年，七年。1963年7月14日在罗马感受到的忧伤又回来了，我感觉。到明天，离我上次见到S.只有一个星期，离上次他在我耳边喃喃低语说"你真是棒极了"也只过去了一个星期。但是似乎和别的时候相比，这一切显得更加遥远。于是禁不住去想，在法国之外，他会有什么样的感受。两天的旅行中——从巴黎到莫斯科的火车上——我慢慢变得模糊，就像新圣玛利亚教堂象征着大地与天空的壁画一样。

城市大街上喧闹的汽车声响总是会让我感到忧伤。下午三点钟。我回到饭店，其实我知道我会很难过，一直都会很难过：身处异地的饭店，下午，孤独……

今天早晨，圣灵大教堂[71]，那里有一场弥撒。广场不允许游人进入，也没有摆摊的。圣富临教堂（San Felice）要小很多，也更加阴暗。皮蒂宫[72]、帕拉蒂拉画廊和现代艺术馆，基本上没什么价值（都是十九世纪的画，一成不变的画风）。最后去看了波波里花园[73]，柏树大道，挤满了德国人的卡菲豪斯咖啡馆（le Kaffeehaus），德国人蜂拥至此也许是因为咖啡馆的名字——一对呆头呆脑的夫妻和我拼桌：一个女子独身一人，好吧……竞技场，布恩塔伦蒂石窟（La grotte de Buontalenti），那里有个巨大的小矮人，S. 说他曾经拍过照片。想着他就在三个星期前曾经经过那里，去看过弥撒，去过皮蒂宫，去过穹顶的圣母百花大教堂。参观这样的花园真是很艰难，花园处处都洋溢着爱的气息，需要非常坚强才能在波波里花园独自漫步。回忆起了去年十月在索园，还有一起在列宁格勒参观夏宫。有时我能够确信——真的，虽然不知道这份确信建立在什么之上，但是为什么就不能有这份确信呢？我也试着找寻和建立——无论是我幸福还是难过，我都会想起 S.，这就证明我们从未曾真正地分离。

9 月 11 日，周一

下雨。令人泄气。做梦，做梦，梦见和 S. 做爱。

昨天晚上，我决定要弄清楚，为什么我第一次用丽蕾克[74]乳霜的时候，我会那么反感，觉得有种"医院的味道"。经过研究之后，我排除了这种味道和母亲有联系的想法——一开始我是这么认为的——事实清楚了：我在怀孕时（是哪一次？怀埃里克的时候还是怀大卫的时候？）为了消除妊娠纹涂在肚子上的乳霜。有点混乱。是哪一次怀孕有不情愿的成分？感觉不好？还是两次怀孕都是如此？但是我一直觉得两次怀孕都很幸福。也许是和身体日渐凋零的不愉快记忆联系在一起？腹部松弛了，或者说离松弛不远了。但是这种感觉非常强烈，而且我的厌恶感来得很快，几乎每次使用都创新高。情感记忆从来不会**撒谎**。真的吗？它又如何撒谎呢？现在我**知道**了，这种味道就不再让我感到不舒服。知识可以让人得到自由。

十三点半。今天早上，我差点儿在邮局晕倒。潮湿的天气，再加上排队，非常可怕的感觉，"我能不能坚持，等着轮到自己，还是会在柜台前晕倒？"后来，我在电报大厅坐了下来，才稍微好了一点。究竟是怎么回事，今天又会来例假吗？还是因为饿了？我昨天早饭的时候吃了很多，但是从昨天中午开始就什么也没有吃，而且我走了很多路。很虚弱（红细胞的问题？紧张？）。我就在这种状态下去了诸圣教堂[75]（圣弗朗索瓦的衣服似乎不够破烂），去了马里尼博物馆（马里诺·马里尼是谁？）[76]，以及穹顶的圣母百花大教堂旁的茶室。雨天，很是沉重。害怕死在这里，死在佛罗伦萨，害怕 S. 突然回了莫斯科，从此再也见不到他了。

昨天一口气读完了塞尔日·杜布罗夫斯基[77]的《破碎之书》，一直读到凌晨一点半钟。尽管我开始对他多有指责，例如书里充斥着拉康式的文字游戏等，但我还是坚持读完了。

晚上。一个星期前……今天下午，在奥尔特拉诺（Oltrarno）街区的街道上，我想象着自己在莫斯科机场与他重逢。想象如此之强大，以至于它的反面——根本不可能如此回到莫斯科——反而不那么清晰。我走进圣富临教堂（这是某种征兆吗？），双眼含泪，不知所措。对我来说，激情可能就是在《骄傲的人》里的最后一幕，米歇尔·摩根和热拉尔·菲利普彼此奔向对方（1955 年，音乐让人难以忘怀）。

激动人心的小街，在圣卡尔米内大教堂[78]（布兰卡契礼拜堂正在维修）附近，静谧而神秘，据说利皮[79]出生的地方也是在这里。圣弗莱迪雅诺城堡没什么可说的。斯特罗齐宫[80]闭馆。但丁教堂更像是个临时祭坛，朝圣的感觉，接着是但丁故居，三层楼，很狭小（每层楼有两个房间）。

在这种像是鲁昂或者哥本哈根才有的天气时，我不可能喜欢佛罗伦萨。

9 月 12 日，周二

上午。昨天在饭店，要的和周六一样："就这些吗？"[81]就这些，和 1963 年在罗马时一样，选择"就这样"。我 1962 年出版的处女作中的句子（破碎的）不停地盘旋在脑中："她沿着波瓦西纳街往下……

她……她……"脑袋里有画外音,"她",从一开始我就成了小说中的一个人物。我在读格罗斯曼[82]的《生活与命运》。开始的时候觉得很沉重,足足有 800 页,但很快就被小说中复杂的人性抓住了,被这份敏锐的洞察力。我还想,"我和 S. 所经历的这一切和苏联作品一样美好"。

和 1982 年正相反:1989 年的这次旅行并没有让我和某人分离,而是让我不顾理性,对他产生了更深的迷恋。

中午。巴迪尼博物馆。[83] 由于导览手册上没有收录这个博物馆,所以我在看展品的时候也就不太精心。这就是来自外部的文化,就像我对于绘画的理解。然而,这里有很多非常美妙的圣母作品,还有十五世纪一幅巨幅的基督像。然后去了市场,在圣安布罗吉奥(San Ambrogio)附近的居民区。总是在这里我才有回家的感觉。

250

晚上。美好的一个下午。往上走到了圣米开朗琪罗广场，阳光灿烂。圣萨尔瓦多小教堂，还有在我看来是佛罗伦萨最美的教堂，圣米尼亚托教堂[84]。主教台上绘有神奇的动物。接下来的旅途就不是那么舒服了，往上绕道伽利略博物馆，这段路太长了，然后一直走到圣莱奥纳多街，这条街是下行街，两边都是古老的房屋，仿佛伯爵夫人们都在墙里喃喃诉说，她们曾经在这里生活过。一个意大利小伙子开快车经过想要搭讪，是无所不能的唐·璜那种类型，我听不懂[85]。

从美景堡[86]看出去的景色和从米开朗琪罗广场看出去的景色一样美。我认出了所有的天主教堂，还有新圣母玛利亚教堂，等等。然后下行到波波里花园，去看了一个我还没有参观的岛。到了晚上，这些颜色变得非常真实，佛罗伦萨的颜色，画上的颜色。我打开饭店房间的门时，一时间还以为出去时忘了关灯。

然而，是夕阳。

在一家"佛罗伦萨式"廉价小饭店（事实上毫无特色）吃晚饭之前，我又去看了圣十字教堂的侧影，广场上此时已经没有什么人。我想，"这是我在佛罗伦萨的最后一个晚上"。S. 无处不在。这是一次"梦幻之旅"，在真正分离的噩梦到来之前。有一天，也许我会想起这间亚诺河畔的房间，感觉很幸福。

9 月 13 日，周三

天气又变得阴沉起来。

凌晨四点钟的时候突然醒来。忽然间，我好像重温了 S. 下午来到我家的情景，我在写作，同样的冲击力。通常我是在书房等待。突然间，石子路上发出吱吱嘎嘎的声响，然后是刹车声，车门"砰"的一声，踩在石子路上的脚步声，然后是踩在入口台阶的水泥地上的脚步声；门轻轻地打开，关上，门闩的声音。走廊上他的脚步声。他便已然在了。因为我看到了这个场景，再一次看到了，突然间就看到了过去的这个场景。我重新看到这一切，就像我会在记忆里再重温一样。写下这一切的时候我哭了，因为害怕他已经走了，我的内心饱受煎熬。

9 月 14 日，周四

昨天出发，很美好、温馨的一天。上午，圣阿波罗尼亚修道院 [87]《最后的晚餐》，现实风，很沉重，然后是斯卡尔佐（le Scalzo）修道院，这种单色的、可怕的壁画（莎乐美—希律王的晚餐）。我独自一人。一个小个子的老妇人通过内部通话机为我开了门。我仍然在唐纳蒂读了《世界报》，然后我再次往圣十字教堂走去。纯属偶然，不知是碰巧走了同样的街道还是潜意识作祟，我绕道斯庭切路，又找到了 1982 年吃过的美味的冰激凌。我在圣十字广场把我的冰激凌吃完，没了可怕的停车场，广场是如此美丽，当年我和大卫就是在这个停车场和来收停车费的"打游击"。我最后一次走进教堂，想再看看那些壁画。走出教堂的时候，在众多的铭文中有一条让我停下了脚步："Voglio vivre una favola"[88]。我不知道最后一个词是什么意思，冒险？激情？不带任何主观情感的不期而遇再次让我惊讶不已。我知道这句话是专门对我说的，就在此时此地。后来，我买了个包，买包的过程很不愉快，但是我找到了圣使徒教堂，大早上的，没有人注意到这个教堂。我的意大利之旅的最后一份快乐。

圣使徒教堂附近的街道，传来很浓烈的马粪的味道，机器会定期冲洗马粪。一个胖女人坐在人行道上，她穿着干净的白色短裤，勾勒出了她下体的形状。自从我母亲去世之后，看到这样的场景，我不再会尴尬地调转目光。

我写这些的时候，想到的是快九点了，想到他曾经说过，"我周四晚上给你电话。"

9月16日，周六

他已经离开了吗？我回来之后，音信全无。害
怕所有的活动，等待，很揪心，但没有哭泣。也许不
是 10 月 15 日，"我们"决定的是 9 月 15 日。或者甚
至他已经知道是 9 月 15 日。还有这两次奇怪的电话，
是埃里克说的，周三，那就是 13 号……我害怕得肚
子疼。

也许他只是去了西班牙，或是在安德烈·S. 家。
但是他什么时候会回来呢？或者，也许很简单，他在
等什么时候给我打电话，问什么时候能到我这里来。
这个假设是多么令人满意啊，尽管他对我很残忍。下
雨，一直在下雨，我已经没有足够的阳光来忘记这一
切，来在花园里消磨午后的时光。

晚上。我收到了九月底苏联使馆电影放映会的邀

请，但这证明不了任何东西。我不确定邀请函是他写的。有时我会突然间进入很糟糕的状态，无法控制眼泪。我回来两天后他一直没有音信，周四也没有打电话来，死亡，深渊。在我写下这些的时候，我确认他走了，这个念头让我深陷疯狂之中，而我在佛罗伦萨对和他再见的等待变得十分可憎。

9 月 17 日，周日

很快，就在明天，就是我飞往莫斯科的一周年，所谓命运，就是我们朝着同一个方向坚持不懈的系列行为。要理解普鲁斯特的天才，就必须经历过阿尔贝蒂娜的失踪。我正在重温《女囚》和《失踪的阿尔贝蒂娜》（我不太喜欢《女逃亡者》这个书名）。还没有人告诉我说"S.B. 已经走了"，但我知道，如果我给大使馆打电话，或者等我 9 月 28 日去看苏联电影，等待我的就是这句话。我现在的状态与母亲去世后的状态相似。我理解了我的 1958 年、1959 年和 1960

年，也就是说，这些年难以形容的痛苦——但是我不理解这种疯狂，对一个男人的梦想，同样也不理解究竟是什么力量让我如此迷恋S.。只有准备好回归虚无，向往先于一切的宇宙（神话！）洪荒。"我想要生活在童话故事中"……多么荒诞。

　　晚上。他三点钟打电话来。之后，我需要花一个小时到两个小时的时间才能回到三天前的那种平和状态，才能冲刷掉以为他已经回莫斯科的恐惧，才能让我从那种死亡感中挣脱出来。我为什么总是往最坏的地方想呢？为什么永远都觉得自己是那个被弃的孩子呢？（被谁抛弃？被我的母亲吗，在轰炸的时候？）还有未来，不是吗？相反，我几乎对他从布鲁塞尔打电话来不抱幻想，更不敢奢望他会让我去（在俄语里，"这有点困难"就意味着"这不可能"）。今天，所有趋向表明他会打电话来的预兆都是合理的。

　　很快我已经做了一年的梦了。一个月后要从梦中醒来。我十六岁时非常喜欢拉辛的这些诗句，觉得它们真是美妙极了，我想要再复述一遍：

一个月以后，一年以后，我们如何能够忍受
主啊，茫茫大海将我与您分隔。
愿日子重新开始，愿日子就此结束
而提图斯永远无法再见到贝蕾妮丝。

9 月 20 日，周三

今天，那些好的预兆都没有得到实现。他不会从布鲁塞尔打电话来，也不会让我去。我投入这份激情，就像写作一样，是同样的投入，每天都离结局更近一分。反正 10 月 13 日，我要去不来梅[89]，15 号回来，而 15 号正是他离开的日子。因为这个原因，我可以少些嫉妒之情（他会在布鲁塞尔遇到谁，等等），少去想一些这份注定要死亡的关系的缺陷。

9 月 23 日，周六

今天继续写日记——二十六年的日记——就这样，过去连接上了现在。这并不构成一个故事，只是一份以自我为中心的痛苦一览表。然而，我知道自己正是通过它才与人类的其他部分连接在一起。这些天，我读过，也正在读，无法控制自己的泪水。S. 没有从布鲁塞尔打电话来。他也许已经回来了。我甚至不能够肯定会不会有最后的告别。我甚至在想，是不是 S. 比之 P. 更甚，把我推向一种"苦难叙事"，而这恰恰是俄罗斯文学最擅长的。

9 月 24 日，周日

焦虑。就只剩下这么一点时间了，可是音信全无，生机不再，其实只要几天或者几个小时，这生机就又会回来。梦到我去苏联使馆看电影。那里在放映俄语版的《一个女人的故事》，演员不是米舍利娜·于赞，而是另一个名不见经传的演员。非常现实的演绎，书中的**一切都被表现**了出来。S. 没有坐在我身边。他们让我和两三个俄罗斯作家讨论戏剧，比托夫（Bitov）也在。还有玛丽·R.。似乎他们邀请我去苏联。

今天下午两三点钟，距离我第一次对 S. 产生欲望就整整一年了，那是在扎戈尔斯克。我仿佛又看到了那里的圣像，我那条索尼娅·尼基尔品牌的蓝色泡泡裙，脚上的"冰鞋"，我**感觉到** S. 的手臂揽住了我的腰。突然间有个念头浮现了出来——为什么就不是他有念头呢？是这个念头改变了这次旅行，在此之后，就进入了另一段时间。那还是一只不那么熟悉的手臂，而不是现在的手臂，赤裸的，温柔的。

9 月 25 日，周一

三周前的此时还沉浸在幸福中，三周前的周一。三周后，我再也没有什么可等待的了，他会回到苏联。自上上个周日以来他就没有电话了，我的失望

逐渐到达痛苦的疯狂。感觉心口发慌，止不住的眼
泪，非常害怕周四在使馆见不到他，或者就像上次五
月份那样，他不知道我在（上次是我想错了，但是我
还是没有办法区分事实和表象——再说事实又是什么
呢……）昨天，米歇尔·G. 的幸福，她对与 K.G. 展
开一段故事的等待，加剧了我的痛苦。去年十月是我
在开始一段故事，而这个故事的残忍结局也是可以预
见的。但是抵达不幸的尽头意味着首先得抵达幸福的
尽头。

昨天，我可以确认的是，我是在**创作**我的爱情故
事，然后**经历**我所写下的一切，如此循环往复。

下午四点四十。这个周一已经是三个星期了。遇
见了那么多人，都毫无意义。自从堕胎以来，我还没
有如**此卑微**过，那是 1963 年底，我在等待一个解决
的方案。**不知如何**才是最恐怖的。我情愿他现在给我

打电话，告诉我他已经有了别人，说一切都结束了。我始终更希望能够"直面命运"。我什么也不做，完全躺倒，甚至花园里的活也觉得很厌烦。最糟糕的将是周四去使馆之前他还是没有打电话来。这就像是母亲离世的时候，我对一切失去了欲望，而且我不能写关于他的书（我答应他的——也许我错了）。

晚上十点。等到凌晨两点就是整整一年，我让自己的生活在两秒钟之间卷入了一段激情：在卡拉利亚饭店，在 S. 的房门前还有所迟疑。今天夜里，我醒来时想到，"火车停下了"。我以为自己是在一辆夜车上，也许是从莫斯科到列宁格勒的火车，去年的那个夜晚。是时间停下了。这几天来，每天夜里我都在想，死了也没什么。我再也没见过 G. de V.，没见过 C.G.，1958 年，**C.G. 没有像他承诺的那样来和我说再见。S. 呢?**

9 月 26 日，周二

几乎是个不眠之夜，做了几个梦。在其中的一个梦里，我下行走到了克洛德帕尔街（Clos-des-Parts），这里已经变成了一条居民密集的街道，有点像步行街。在杂货店门口有很多人，我穿着一条脏兮兮的裙子（黑色的那条，是我在花园里干活时穿的），因此觉得很尴尬。另一个梦里，有一群同性恋正在彼此示意（是三岛由纪夫《禁色》的再现）。我站起身，戴上了妈妈的婚戒（这是现实，而不是梦！），就像戴上护身符。需要附着在某样东西上。我不停地对自己说：真相或死亡。想要知道 S. 那里究竟是怎么回事，而不要继续在这种前所未有的恐惧中生活。

9 月 28 日，周四

十点十分。昨天，十点钟打电话来。因此，差不多十二个小时里，我有了"某样东西"。我想说的是，等待见他是一种拥有、一种财富，而在这个时间之外，我"一无所有"。只能是"存在"，而且是如此艰难。此时我想到的不是平素那些萦绕脑海的事情，比如说他是不是又另外有一个女人了？这是不是最后一次？昨天，他在电话里听起来干巴巴的，似乎心有旁骛，或是冷漠。

下午两点。在肉欲这方面，总是正面的，但是为什么要欺骗自己呢，**只有这个**而已。他在书房重新穿上衣服的时候，我看着他的背、他的臀部，又产生了被遗弃的感觉，或者更确切地说，是一种日渐枯萎的感觉，甚至渐至有一些仇恨的意味，我在一个男人的身上花了那么多时间（自从三月，我关于罗伯-格里耶的课结束之后），而这个男人和我不过是想做那件事情，只是因为我是一个知名作家。在我书房里安顿下来之后，他试图阅读我写的东西，我写下的这些，也许会放入我还没有计划的书里。

这个晚上会给我带来些什么？尽管他不希望我去使馆（"我不在"，"电影很一般"，是真话还是谎言？），我还是再一次决定要"直面命运"。

晚上十一点。看不清命运，都是不好的预兆。**他在使馆**，而不是去陪莫斯科大剧院芭蕾舞团了。电影确实很一般（我们没有看完），玛莎也不在……一次计划中的见面？他的妻子和情妇最好不在？他一直盯着一个高高瘦瘦、金发碧眼的成熟女人……他喜欢的类型？喜欢掌控一切的女人？好像我不知道似的……今天，一种新的姿势，很有趣，坐着，弯着背，两个人都是。我的男人都是唐·璜那个类型的。

今天，我确信他经常撒谎，而且表面看起来很真诚。

9 月 29 日，周五

除了《一个男人的位置》和《一个女人的故事》，

我的书的结局通常都是平庸的，没有什么意义的，与其说是结论，不如说是写作的终止。结局，也许吧，尽管我的欲望还在，所以，S.这部小说也会是同样的结局吗？昨天，我很沮丧，我厌恶我自己，我和他一起看电视，电视一台的无聊节目，比如说《精打细算》之类的。我发现他实在谈不上有文化。晚上也是一样：其实电影还是值得看到结尾的，但不可思议的是，他很不耐烦，一直在动，很少见的神经质。

是我不知道在合适的时候结束。合适的时间，我觉得应该是在圣诞节前后。三月就有点困难，因为我们共同度过的春天是摧毁性的。

十月

10 月 1 日，周日

当这个月结束的时候，一切就结束了。再也没有俄语口音的"安妮"，再也没有对汽车声响的等待，对下午出现的脚步声的等待。现在可以回顾一下这一切的过程：一年，一年前的 10 月 1 日，我约好第二天和他在圣日耳曼德佩教堂前见面。我记得他那天好像穿着一条牛仔裤，一件绿色的保罗 T 恤——我不是很确定，但是我能确定的是他的笑容。我已经很喜欢他了。他很快就会坠入我的情网，接着会厌烦，也许会"欺骗"我，最后离开。这一切是多么简单呢，现在又一个十月到来了，花园里紫苑盛开，散发出土地的味道。我处在一种潜在的痛苦中，就好像麻药遮掩了身体上的疼痛一样，我被三个可怕想法撕扯着：（1）再也不见他了。（2）在一段并不平等的激情中"浪费"了几个月的时间。（3）相对于开始的那几个月，如今不再那么被欲求、被欣赏，这是对我的侮辱。夜半时分醒来，一片漆黑的夜。

10 月 5 日，周四

我已经进入了分手的阶段，最糟糕的是我很清

醒：十二月初的时候就应该分手的。但是现在这样
说很荒诞，因为我不能够放弃判断和感受，在七月和
八月，尤其是八月，经历的一切都很**美好**。即便是现
在，我仍然在盼望着最后至少再见一面。但是对于上
一次，对于他关于电影的谎言，我又应该怎么想呢，
其实他本不会撒这样的谎。我现在趋于相信，他一面
没有和我了断，一面又有了新的女人，然而是从什么
时候开始的？

不要去回想去年的这个时候。要试着活下去。想
到我有可能无法再和他见一面，我就觉得很可怕。一
切开始于一次心血来潮，一次单纯的对于一夜情的欲
望，但是却在无眠与难以名状的痛苦中结束。

10 月 6 日，周五

九点。还有一天要过，苍白的一天，而这一切
都是我的错，因为我没有力量及时拗断，因为我接
受了他拥有绝对"主动权"（他想来的时候就能来，

打电话也是一样），而到头来，在压迫中就没有幸福可言。我在想，他的离开是不是对我来说意味着解放。"当希望不再的时候，等等——这个叫作曙光……"但是只要还有一线希望能够再见到他——这一切与 1958 年的时候多像啊，想要再见 C.G. 一次，可最终，他并没有来我的房间和我告别，而我一直等他等到破晓——我很快就会进入这种一败涂地的状态。

10 月 9 日，周一

电话，十八点半，昨天。很快，疲惫感袭来。就好像在十天里累积的所有紧张和痛苦平息了下来，回到平静的这个过程让我精疲力竭。好吧，周三下午。也许是最后一次了。我想要让这两天静止下来，等待成了对**永远不再**的等待。是士兵出发去前线……是被周围一切分开的情人的永别……我如何能够承受这一切。周三，欲望还是可能的吗？

10月10日，周二

晚上。我想明天应该是最后一次了。待到明天，又是一个周年，是第一次他从巴黎和我一起回来，回到这个屋子里。我哭了。一年！这样的激情，我已经经历了一年，而且我没有其他的艳遇。整个夏天，从七月中旬开始，完全**活在**这份激情之中，耗尽全部的气力。我又一次不无恐惧地问自己，究竟"什么是现时"。眼下，现时也许就在那儿，因为未来和恐惧而被无限放大：能够见到他的幸福和再也见不到他的痛苦，再也见不到，等在一起的三四个小时过去。脑袋里响起一首很愚蠢的歌："一声再见，并不是永别……为什么我们美丽的眼里会有泪水……"一声再**见从来都是**永别，只是在大多数情况下，我们不会提前知道而已，不能够对再见和永别加以区分。又一次约会，刽子手先生。

10 月 11 日，周三

四个小时。倒计时很快就要开启。我准备了真正的庆典，香槟，壁炉里生的火，永别的礼物，一幅"煎饼磨坊"[90]的旧版画。唯一可以结束却不至于太过痛苦的方式，就是将告别变成一种仪式。

10 月 12 日，周四

还会多一点时间……他要到俄国革命纪念庆典之后才走。虐恋的沉沦，但是温柔，没有暴力的意味（因为将肛交和"正常"性行为结合在一起，才真正是致命的：有一个时刻，我觉得自己被撕裂了）。他说："安妮，我爱你"，我没有太在意，因为这是在做爱的过程中，但也许这才是真相，唯一的真相，唯有欲望是真的。今天上午，害怕他妻子在他身上、在他的袜子里（！）发现我的头发，也害怕他会出车祸。他的生命对我来说弥足珍贵，我已经在为俄罗斯感到揪心，为未来几年会发生的可怕动荡感到揪心。他会怎么样呢?

在我的梳子上收集到了四根他的头发,立刻想到了特里斯当和伊瑟:想要将这四根头发缝进一件衣服里,就像把伊瑟的金发藏在袍子里一样。**我想要生活在童话故事中**……他到了以后,我们在书房的条绒地毯上做爱。为彼此脱去衣服的动作越来越美妙。他走的时候,我为他穿上衣服(为他的袖子扣上扣子),我们拥吻的方式也是柔情脉脉。他走的时候,已经是十点一刻,或者十点半了。后来我睡了不到两个小时的时间。

他有一条俄式短裤,松松垮垮,白色的,有一条很厚很宽的松紧边。我上手之后就立刻认出了这条短裤。

10 月 16 日,周一

时间流逝,他没有来。去西德的这趟旅行很让人恼火。不来梅倒是一座挺惬意的城市——不过说实话，我对此几乎没了感觉。在法兰克福的辩论让人心生厌恶，毫无意义，起不到任何作用（显然，这一点我可以确定），而且有位捍卫他事业的诗人冒犯了我。我忘了他叫什么名字。

之所以他没有来，也许是因为怕我再送他什么礼物。"妈的"，听到我说"我有个礼物要给你"的时候，他说，真的是一个百无禁忌的夜晚……或者他为我们热辣的做爱方式，为我们疯狂的享乐而感到羞耻。又或者他的汽车坏了，再或……再或是，更简单，因为另一个女人之类的让我感到战栗的原因。

看到这秋日的美妙阳光，这些亮闪闪的树，我不停地回想起去年的时光。我想要把这段激情制成我生命中的一件艺术品，或者，更确切地说，正是因为我想要把它变为艺术品，这段关系才会成为激情（米歇尔·福柯：至善就在于将自己的生命变成一件艺术品）。

10 月 18 日，周三

空虚的一天，今天晚上我哭了，因为已经过去了整整一周，很快，就不再有什么可以期待的了。新的一天覆盖掉了前一天，而他没有来。下午一点有通电话。当我摘下电话的时候，电话那头没有了声音。并非像我想的那样，是来自东德的弗兰克·洛泰尔（Franke Rother），她说她的火车要晚点两个小时到塞尔吉，其实我此前已经做好她来不了的准备了。

和她一起度过了这个下午，穿着得体，精心的发式，等等，这个下午令我失望，因为是和上周三相比。而去年此时，应该怎么说呢……最大的幸福、最出其不意的幸福，就是有天晚上他不期而至。在我们的关系中已经没有什么出其不意了。都是事先说好的见面，规则之内。然而，哪怕是约好的，只要能见到他，总比什么都没有好。

10 月 19 日，周四

九点差十分，一声"安妮"。三刻钟后他就要到了。挂了电话后，我开心地跳了起来，手舞足蹈，自打童年以来已经没有这样的时刻了，童年结束后就是少女时代的紧张冒汗和羞耻感，还有年轻女大学生的克制。这份快乐一定要足够大才能唤回童年的快乐，甚至是 1952 年前的快乐。

晚上。又是一瓶香槟，比上次他喝的威士忌要少一点。不停地创造新的体位和姿势。我把香槟倒在他的性器上，我基本可以肯定没有人对他做过这样的事情。肛交。记忆里保留着他震惊的面容，因为他听到我对他说："不管何地，何时，你能要求我任何事情，我都会给你，会为你做。"他的双眼几乎噙满了泪水。我从他吃的东西中拿了一块放在嘴里，他很感动。

也许还有一次，只有一次……无法回忆起一切，柔情，模模糊糊的词语，或是表现这份柔情的每一个信号。还有令人惊讶，仿佛杂技一般的姿势，在皮质扶手椅里，我的脑袋垂在下面。我有完美主义和富有创造性的一面——目前的领域是爱，而且是在很短的时间里。

10月21日，周六

我从鲁昂回来，这一天当中最美妙的时刻，是在三十年后，了解到学校里那个超有震慑力的、可怕的R.和身材矮小的校长 F. 小姐是一对同性恋人。

想到倒计时就感到害怕，最后的期限将是"十月革命"。奇怪的是，它还有防止痛苦的作用：我现在看待 S. 的方式，和过去我在离开 Ph.（在和他结婚之间）时看待他的方式是一样的，我觉得他是一个亲人，如兄弟一般，什么事情都不能将我和他分开。

买了一套黑色针织衫，漂亮极了：为他成为出现在苏联大使馆里最美的女人。去年的回忆纷至沓来，我在拉罗歇尔的街头漫步，早上，我走进了春天百货，我在饭店附近阴暗的街道上，我在马赛的街头，我在大白天走进这家咖啡馆，所有的这一切都好像是昨天发生的，*vtchera*[91]。

10 月 23 日，周一

我在巴黎的时候，埃里克接了个电话，我可以肯定是他，陌生人，随后就挂了电话。我很沮丧。我真是不应该去见像热拉尔·G.这样的人，我没有意识到他的暧昧处境：他恨将他拒之门外的巴黎小圈子，但又希望能够重新进入。而就在这个时间我错失了 S.，他或许可以今天来的。有好几天的时间，我总是感到头疼。明天早上也是如此，不在家，会不会再次错失 S.？没有了希望，没有了等待，我还如何生活？在苏联的最初几天，我看到的那个年轻、官僚、毫无个性的男人，和我身体里的这个男人之间毫无共同之处，而我身体里的这个男人对我来说比世界上的任何东西都要珍贵。

圣德尼街，湿润的空气，无处不在的性：到处，商铺的墙上，春药，乳胶，皮革，等等——还有在男人的眼神里。我目光低垂往前走，就像一个修椅子的女工，但是我想要进入这些地方，想要知道男性欲望的真正面孔是什么样子。一个年轻的家伙，拿着公文箱，走进了一个类似西洋镜秀场的地方——二十法郎一张票——里面在放录像带。

10 月 24 日，周二

收到苏联使馆庆祝"十月革命"的邀请函：11 月 6 日。我感到很幸福，因为这也就意味着最后期限又推迟了：至少他会待到星期一（我本来以为庆典会在周五举行，和去年一样）。普鲁斯特曾经描写过士兵想象着在身边徘徊的死神，我想起了他的这句话。新的期限不断带来希望，然而有一天，一切都要结束，对所有人来说都是如此。

我以为我已经将为开胃酒准备的芹菜小食的食谱扔掉了，可我又发现了它。我把这份食谱保存了二十年，却从未用过它：因为没有人喜欢芹菜。S. 喜欢芹菜。就好像我是为他保留了那么多年的芹菜食谱一样。

天气好极了，就像 1963 年、1985 年，还有去年一样。我不想去花园里干活，因为我会不停地去想。（是不是他有了别人？如果是的话，这会儿他应该正在枫丹白露的森林里?）而我在花园里，非常不幸，因为等待、欲望和恐惧。而我在花园里做的事情和他没有一丁点儿关联。更糟糕的是，我们分开后，很长一段时间，花儿仍然会生长。

梦到了我母亲，生机勃勃，好像是在养老院里，或者在老年医院里。

10 月 25 日，周三

这天气……这天气……我说的是十月的太阳。整个下午，我在花园里，一直处在惊惶之中，害怕的是同样的事情：（1）他有了别人。这真是深渊，是我自童年时期从来未曾超越的深渊。我在一篇精神分析的文章中读到过，这种婴儿因为与母亲分离产生的**未名的恐惧**（我多么喜欢这个说法啊！）需要慢慢克服。其中一个非常重要的阶段就在于母亲不在的时候，能够清晰地想起母亲的形象。换句话说，也就是能够理解，肉身的在场对彼此来说都不重要，即使肉身不在场也能够继续想起对方。不仅仅是因为 S. 走了之后就不再想我，而是因为他想的是别人……我总是处在一种未名的恐惧之中。（2）明天使馆要放映电影，但是他故意没有请我——他去了 Sa. 或者 S. 家——或是他手头没有车来我家了。（这是我新想出来的一个理由，不过已经有过这样的情况……）

我收到了塞尔吉圣克里斯托夫图书馆送的一束非常漂亮的花。这个额外的奖赏让我幸福了一小会儿，接着我就感觉比之前还要不幸：别人给我的东西映衬出了 S. 从来没有给我的，也就是说，他的欲望和他的爱。

10 月 26 日，周四

十点四十五分。对未来的几天越来越不敢期待了。恐惧，我哭了。他是不是已经走了。仍然担心周一那个还不能确定是谁打来的电话：是不是他宣布突然要走的消息？

十四点四十五分。第一次，我斗胆给苏联大使馆打电话，就是为了**了解**（这个词，**了解，了解**……）今天有没有电影放映会。回答是**没有**，我稍微松了口气，这只是我的嫉妒使然，而并非我想要见到他。

晚上十点差二十五分。去年，我写道："10 月 26

日，完美的一天。"而今天是如此黑暗。（但是那时我想过要和他维持一年的关系吗？）有四个电话，四个被杀死的希望。

10 月 27 日，周五

我分别在两个 10 月 27 日开始了两本书的创作，彼此之间有十年的间隔（1962 年、1972 年）。但今年没有。这个夜晚，三点钟，我痛哭一场（我能哭，因为我是独自一人，两个儿子都不在），因为我确信他已经走了。今天早上我想这完全可能。也许今天下午他会打电话给使馆。恐惧的另一个来源：我想起了"曾经和阿兰·德龙一起工作过"的这个女人，他会再见到她吗？周一的那个电话越来越让我感到焦虑。和三月、五月以及九月从意大利回来时一样的黑暗。然而，每次我觉得自己到了不能再糟的境地时，想起相似的情境却不能给我带来任何解脱，甚至还会加重目前这种糟糕的感觉，就好像对与爱（不论是什么样的爱，不论对象是谁）相连的统一模式的不幸有所确认。

10 月 30 日，周一

十五点十五分。恐惧，觉得这都是注定的，到了要发疯的境地。"他走了"或是"他有了别人，所以要在走之前抓紧时间爱"。这真是太艰难了。好天气又回来了，夏天似乎仍然不愿离去。随时都要哭。未名的恐惧，哦，怎样的恐惧啊！所有与苏联相关的都让我揪心，而且周围这些相关的事情从来没断过。非常剧烈的头疼。如果周五还没有他的任何消息，我都不敢想象我会是什么样子。给使馆打电话会终结所有的希望。所以不能那么做。

10 月 31 日，周二

能够确认了，应该是最糟糕的情况，我想。我泪雨滂沱。他肯定是回苏联了。上个周三，收到图书馆送来的花，我还有几秒钟的时间认为是他送的，想着他可能离开法国了。这也许是真的（他离开法国了）。因此，他不愿意来和我道别。等我确认了之后——只需要打电话给使馆就行——我还怎么活得下去。

十一点差二十。电话。但是他不能来。自然我就想到了另一种可能，另一个情人，另一种欲望。这是如此自然。周一将会是考验，我已经感觉到了。但是，至少我赢了一点什么……我从黑暗之中走了出来。

十一月

11 月 1 日，周三

这一次，再也没有新的期限了：他肯定在十一月要回苏联。再见一面，我想，一面就行。昨天晚上的电话因为没有确定见面的时间，并没有让我得到解脱。继续地狱般的生活。无形的嫉妒，害怕周一的来临，他如同一面光滑平整的墙岿然不动，而我却如此软弱，如此无能，这让我感到愤怒。时间仿佛停止了流动，**还是周三。**

五年以来，不再因为活在享乐、胜利感中而感到羞耻（性，嫉妒，还有社会出身）。羞耻遮住了一切，阻止我们走得更远。

也想到写作对我来说起到了伦理边界的作用：之前我不愿意有其他艳遇，因为害怕会因此失去写作的执念。在很长的时间里——现在仍然如此——享乐的生活在我看来是不可能的，**因为我写作。**对于我的丈夫投身享乐生活之中，我加以原谅，**因为他不写作。**其他人在这种情况下做什么呢？吃喝玩乐。

11 月 2 日，周四

时间从来没有过得如此之慢，而且没有未来。害怕周一，害怕看到他就像在五月和九月那样被别的女人吸引（就算九月是我误会了，至少五月是真的），害怕看到我认识的人，他们从我的脸上和身体上读出了一点什么，"她不再工作，不再写作"。不是的，只有我自己知道，因为我不再停留在他们通过写作而经历荣光和痛苦的世界里，我沉溺在肉体的世界，是因为某个人而感受痛苦和欲望。

我在看一档名为《爱与性》的节目，男人们在节目里聊。我试图通过他们的谈话了解 S. 的行为，他是否有别的女人，等等。当然很荒唐，但是仍然坚持找寻，拿到所有的钥匙，从而有所了解……

11 月 3 日，周五

真的是应该结束这个白日梦了，一个聪明的、"牢靠"的男人，等等，我可以和他一起"建立"一些东西。除了写作和孩子，我什么也建立不了。唯一的现实就是：这个男人是生命中的过客，他除了梦、幻想、欲望和温柔——如果他能做到的话——什么也不能给我。

我想到，我竟然为了一个男人开始学俄语！

我时不时会去想象这个令人痛苦、充满侮辱的可怕场面：周一，使馆有"另一个女人"，很显然，就在我眼皮底下受到他的追捧，我甚至捕捉到了他们的窃窃私语，我曾经听到过那么多次的那句话，在同样的地方，使馆里："我们今天下午见面"——而这次这句话不是对我说的。我的精心准备，梳妆打扮又有什么用呢？勾勒出我模特线条的小黑裙，超出衣口的黑色花边，柔滑的暗色丝袜，查尔斯·卓丹的包，雅歌德桑[92]成功造就的这一头焦糖色的头发？就只是证明在新的欲望前这些都毫无用处？实际上很有道德教益。我是否能够显示出我的尊严，倒是不逃跑，虽然我总是想要那么做（以前，想要扇对方耳光，扇那个忘记我的男人——和逃跑是一回事）。

11 月 5 日，周日

下了两天雨之后，天气阴沉、微凉。今天夜里梦到了 S.：他邀请我去里尔（？）。我们先是在一间房子里，后来我们到了大街上，他在外面和我做爱，我们靠着一面墙，然后他就消失了。我发现我就在克里斯蒂娜·B.家的楼下，而且我们发生这一切的时候是大白天。（B.找不到男人：这也暗示我年龄不小了，因为我只比 B.小四五岁。）我去找 S.，可再也没有找到他。一个星期前，我做了另一个梦，梦到他来家里，拿着一封蓝色信纸的信。

今天，我真切地感受到，时间是在**倒退**着往明天的招待会方向流逝，也就是说，将我带到某种真相面前，而这真相是我从他的话语和行为中读出来的，我毫无办法。从噩梦中醒来，还是同样的噩梦：忘记了时间、日子、东西，等我意识到已经**太迟**了。

11 月 6 日，周一

十点四十。我马上就准备出发去苏联大使馆。神秘，恐惧。在镜中照出的自己的模样并不能让我感到安心。太过精心的化妆，所有人都说非常适合我的小黑裙。这又怎么样呢？如果他对我不再有欲望……不要谈爱情。去就是为了战胜，在我从来都不能取胜的感情的领域。

八点差十分。使馆，觉得他似乎不在。他在，但是心不在焉："我们今天下午见面？"我也不在状态。他下午四点二十来的，八点不到离开。时间过得很慢，他说话不多，我也不知道为什么。他在精神上已经离开了，仅此而已。我趴在他肩膀上，在他怀里哭泣。他第一次有口气，我相信是因为他有所触动，很感动。但也许他不是，他只是急着离开。空虚落在我的身上，过去的岁月恍然如梦。也许，我不会再见到他了，尽管他要到 15 日才离开，但我仍然怀有一丝希望。当我把两条沾满今晚精液的短裤放进脏衣服里时，可能我会痊愈。

一丝几乎毫无价值的安慰：他觉得今天出现在使馆的我美极了。这一切的意义究竟是什么，这一年疯狂的爱。我们第一次，同时也是最后一次在我的书桌上做爱（是我想要这么做）。在戴高乐地铁站的报亭，有个女人乞讨，我给了她十法郎，她吻了我的手。一种非常可怕的感觉（我想到了 S.，这就好像是一种祝福，像这样具有侮辱性的动作让我反感）。今天晚上，我的书房里出现了一只巨大的黑蜘蛛：我想起 1963 年 9 月的那个晚上，在伊沃托，也有一只巨型蜘蛛，我父亲不愿意弄死它，他说是"幸福的预兆"，我也不愿意弄死（我想起了菲利普），妈妈嘲笑我们说："你们真迷信！"今天晚上，我也不想弄死这只蜘蛛。

他有一条姬龙雪（Guy Laroche）的领带，还有一条插在上衣小口袋上的"小手绢"，他说！有一条很奇怪的短裤，开口的，不过据他说是"法国款"。他还说："这就是生活。我们又能怎么办呢?"这是我自己说过的话，一年以前。又一次，当我跟他谈起他在法国的那些女人，他拧我鼻子的小动作，就像是对待一个小姑娘。这算是招认了吗，还是如果没有反而感到尴尬? 不过现在也无所谓了。

11 月 7 日，周二

嫉妒到了极点。我把他昨天的心不在焉都归咎于他有了另一个女人，而且也是因为另一个女人，十月份天气那么好的那个星期，他却没有来看我。从十一月开始，天气变得冷了，雾蒙蒙的。他 15 号走，也就是说，距离那个他的汽车发动不了的疯狂之夜整整一年。

我彻夜无眠，在泪水决堤的边缘。还有能够再见到他的一丝希望，但真的只有一丝丝。昨天，在沙发上，我看着覆在我身上的他，和我的身体是那么契合，苗条，高大，肌肤很白，光滑。是我的身体的翻版。正因为这个，我的痛苦更甚。他离开时在门边吻我，这简直令我心碎欲死。他走向车子微微前倾的身影，深蓝色的西装，然后他向我抛了个飞吻。这是最后的画面。在我的书房，我听到汽车驶去的声音。

"我会回来的。"——"可我到时就老了。"——"在我眼里你永远都不会变老。"——"我会试着不要老去。"

为什么会相信，正因为我"是"个作家，所以我就更加痛苦？（我并不是作家，我写，然后我经历。）

11 月 9 日，周四

梦：使馆招待会（不是很盛大的那种，有点老套）。我和 S. 一起，但是有一个时刻，苏联人和受邀请的来宾是分开的。我离开了，留他独自一人在那里，他在听戈尔巴乔夫演讲，可是我看不见。我穿过一座桥，走到一半的时候我决定原路返回去找他。接着我又放弃了，我一边想着我再也见不到他了，一边往前走。

在我的内心深处，其实对他出发前能再见一面不抱希望。周一已经完全是告别的场景了，他也是当作告别来经历的（走的时候他甚至抛了个飞吻）。我能够期待的不过是一通电话。我正步入痛苦之中，希望能够忘记他，继续活下去。

书的开头可以是这样的："从某日到某日，我经历过这样一段激情"，等等。将这份激情细致地描述出来，这也就意味着我与 S. 永不相见，这样也许会伤害他。无论如何，单凭这一点，这个计划就十分有限。

失望，我已经隐隐约约看见了。因为我想不会有一本书能够帮助我弄懂我经历了些什么。尤其是，我想我不能写这样一本书。

11 月 10 日，周五

我的家在哪里，就会有以死亡为代价换来的爱。——克里斯塔·沃尔夫[93]（《无地，无处》）

她还说过："有时我想，想要变得完整，我可能需要人性的其他部分。"我正是因为这个写作的，正是因为这份匮乏。今天早晨，我又一次坠入痛苦之中，一切变得灰暗起来，流逝的时间没有丝毫的意义，因为时间本身停滞了。一切痛楚都源于我再一次开始抱有希望，等待他给我点什么信号，虽然明知是不可能的。也因为最后几个星期并不像我想象的那样，他根本不像他承诺的那样，他没有来。

11 月 11 日，周六

柏林墙倒塌了。历史重新变得不可预料。这一切都来自东方，尤其是苏联，这个一年多来纯粹是因为偶然会把我卷进去的国家（但因为我写作，我必然会接触到东欧、保加利亚，我第一次去东欧旅行就是去的那里）。有一种混乱即将来临的感觉，这也包括在苏联可能产生的反应。S. 显然是其中之一，他父亲可是斯大林给授勋的！我对德国统一的恐惧——这也是由过去决定的——仿佛这会导致第三次世界大战。巧合的是，今天是 11 月 11 日。

因为我的著作权的事情出了些麻烦，昨天这将我源自 S. 的痛苦一扫而光。对今天而言，有两个恐惧的来源，但是彼此之间没有关联，没有相互的影响。我越来越发现，丰富的感受，生活，还有激情被迫退去，让位于我所观察到的一个明显的事实：为一个有可能好几次背叛我的男人浪费了太多时间，这个男人在我身上看到的只是一笔合算的交易，可以做爱，并且还挺有名。我还是梦到了他，在厨房：他对我说除了玛莎，他的妻子，他没有爱过别人。有时，尽管这一切，我还是有一种直觉，觉得一切并没有到此为止，我还会与他重逢，尽管就现在他的处境和苏联的情况来看，这是难以想象的。我固执地继续学习俄语。

11 月 13 日，周一

下午两点。1989 年的夏天似乎没完没了，一直到十一月。"梦的终结"这句照片连载小说里的话的确是残忍的事实，和这些词能够表达的意思一样。一直追溯到扎戈尔斯克，回到我即将开始一心想着S.的时刻，在那间藏宝室里。抹去这十四个月里曾经发生的一切，抹去萦绕在我脑海的一切，抹去身体上的印记。重新回到我的年龄，回到更年期的起始阶段。看看我的这些套装、这些衬衫，这都是为了一个男人买的，应该恢复它们原本的价值，去除买下它们时的目的，仅仅是为了跟上潮流，也就是说，谁都不为。还剩两天的时间，但是今天（和他再见一面的）希望已经破灭了，因为今天是唯一的可能。最后还剩下最后的电话，但是否会有也还不能确定。我想要一直深入痛苦的尽头，同时也是幻想的尽头。

梦见我母亲在医院，我得去看她。非常确切的梦：我在一间很大的医院里，大厅很高，灯火通明。是夜晚。有一种似乎已经经历过的恐怖气氛。（什么时候？童年吗？对于勒阿弗尔医院的记忆，就是舅舅所在的肺结核病房？）我想要离开医院，意大利广场。但是我在"昆汀-鲍夏尔"车站。为什么是这个名字、这条街？这个地方我最多去过两三次，不会再多了。

11 月 14 日，周二

还有一天的时间。试着不去想最大的可能性，他那略显残忍的牙齿，还有狭长的眼睛给出的承诺，而我只是征服的对象、享乐的对象。我从一开始就知道这一点，接着我尽力去忘记这一点。抹去这一年会比抹去与丈夫的十八年更难吗？仇恨让事情变得简单，而在此时，爱却让事情变得复杂。

晚上，八点。非常明显：他甚至在走之前都不会给我一个电话。是因为怯懦，而不是因为别的。我确实可以指责他走之前都不来一趟，尤其是指责他没有给我一张照片，或者给我留下他的什么东西。"会有惊喜哦"，当我和他说起离别礼物时，他对我说。惊喜，就是没有礼物，没有照片，什么都没有，没有他的一点痕迹。他的错误，就是相信我绝对的牺牲精神。然而，承受了那么多蔑视之后……会是渥伦斯基，甚至比渥伦斯基还要糟糕。我会一直走到痛苦的尽头，而现在是幻灭。

唯一能让我忘掉他的玩世不恭和粗俗的事情，可能就是他从莫斯科打来电话。可这就和指望撒哈拉下雪一样不靠谱。

11 月 15 日，周三

是的，可以确认就是最糟糕的情况。我为自己的软弱付出了代价，我没能在某一天说出来，说"不，我们不再见，我们此后都不会再见了"。但在任何时候我都无法说出来。浓雾。我不知道这开往东欧的火车何时出发。我哭了，又一次的哀悼，但并没有罪恶感。更糟糕。我担心了很多次的事情还是发生了。现在的生活，就只是写作，我不知道该从何写起，写什么。我不想做自恋和狭隘的事情。

因而就是今天。我看着树，看着草地上方的太阳（现在十二点半），有什么东西在那里晃动，现在，抓不住的一点什么，让我从昨天可能的出现过渡到明天永远的不在场。今天是过去和未来的铰链。就像死亡。（在父亲去世的时候，还有后来母亲去世的时候，我有同样的感觉：写作，为了将我看到她活生生存在的日子和她已经过世的日子联系起来。）

十九点。为什么我就是不能相信他会这样不辞而别。也许还有一个最后的期限。也就是说，我想的和我之前看着他离开时做的正相反。在两种情况下，我都不能确定（明天上午我会给使馆打电话）。算一算我送给他的东西，最基本的有：一只都彭打火机——一本关于巴黎的书——一幅旧版画——他出生那天的报纸——万宝路香烟，还有不计其数的威士忌……也许有二十多瓶，烟熏三文鱼，最后几次的香槟。他到塞尔吉来过三十四次，去过小公寓五次。这种计算毫无意义，因为是四十还是一百对今天而言于事无补，唯一存在的就是分手，从此再也不见，还有清晰的痛苦：他现在一定是坐在火车上穿越德国，身边是他的妻子。一对已经西化的苏联克格勃。

11 月 16 日，周四

九点三十分。今天早上，醒来时确认他已经走了。在日记里，我仅仅是在"是"和"否"之间保留一定的余地。我会打电话的（我总是像连载小说中的人物一样生活）。

昨天晚上他出发回莫斯科。最坏的情况都是可以得到确认的。是不是，就像我母亲死了之后一样，我的内心要比外表看起来更好？不管怎么说我会走出来的。像安娜·卡列尼娜那样去生活，这真是再愚蠢不过的事情了。我甚至没有勇气为我的软弱感到后悔，仍然还是深入骨髓的痛苦，"我把精子射到你肚子上"，他呼唤着我的名字，带着俄语口音。我为这一幸福付出了太多。

晚上八点半。爱一个男人究竟意味着什么？他在这里，做爱，做梦，然后他回来，做爱。一切不过就是等待。

坚持，像往常一样。电话里，我就《一个女人的故事》的英文翻译问题讨论了两个小时的时间。接着去了勒克莱尔超市。蔚蓝的天空，洒满阳光的树，清冷，和去年一样，十一月的星期二。拿东西，放入购物车。一直想着，我仍然是过去的我，想着我必须活下去。因为没有提前几天准备好购物清单，我可能会随便买一包不知什么东西。不要再听一年以来听的那些歌曲磁带。我生活在另一段时间里。我去了三泉购物中心，买了补药，又去看披肩。就像什么都没有发生那样。但是，确定他离开和他离开的可能之间的差别，事实和想象之间的差别是死亡和活着的差别。

我看到了欧尚超市一角内衣专柜上的紫色胸罩、吊袜带。然后去了储蓄银行。我前面有一堆女人在等。她们是不是早就了解这种滋味，失去男人的滋味，失去一段疯狂的恋情的滋味。（"我爱你，安妮。"——"你真是棒极了。"——"我要高潮了，安妮。"）她们很不耐烦，我也原则性地看了看表。我只是在耗费时间，我的时间太多。我没有什么要做的事情。

我又一次从吊袜带前走过，享受内衣店的这种温馨。回到家里，放下买的东西，给国家远程教育中心去了电话。随后我又出门，去了天主教救济中心的衣物捐助处。在我捐出去的围巾、鞋子里，有一双我给他买的、在家穿的便鞋。一个失业人员将脚伸进了黑色的皮鞋里，我希望这能够给他带来好运。天主教救济中心的喧闹，还有粗野的动作，都是我已经忘却的记忆。男男女女，年轻人，他们在试衣服，吵吵嚷嚷。隐形的贫穷都汇聚在这里。

理发店。音乐。我不想过多地看自己，素颜，打湿的头发：年龄。报纸上的女人令人兴奋，穿着清凉。整个这段时间，走路的时候，开车的时候，都觉得自己还在经历，还在续写这个**美丽**的故事。我望着城市新建的街区、公路。仿佛此前我一直都在这样的地方。我过去的生活已经不存在了。

很像我 1964 年堕胎后的日子。现在，我想睡觉。

尼科尔打来电话。我：他是个混蛋！她：不，他很不幸，他宁可选择不打电话。我恨尼科尔，她给了我一个可以消除我的愤怒的故事版本，给了我一丝愚蠢的希望。而且这是一个如此不靠谱的版本。

我又成了一个迷信的女人：或许我不应该把他的鞋子捐出去，这就好像判了他死刑。这个念头对我而言很残酷。也许我不那么爱他？

一个月以后，一年以后……提图斯永远也无法再见到贝蕾妮丝。

晚上十点。刚才电话铃响了。有一秒钟的时间我还以为是他。结果是埃里克。不能相信那个不在的人。尤其是我从他在过渡到他不在,这中间没有任何明显的转折(母亲突然故去也是一样的——但我仍然能够记起太平间里她的身体)。我能够理解,亲人消失,家人们永远都不能相信他们的死亡。

11 月 17 日

夜里醒来,脸色苍白。努力不去想他,可是做不到。立刻产生了要做艾滋病毒检测的想法。和爱与死亡的冲动一样,"他至少给我留下了这个"。

接受所有的生活,我一贯如此,但这是多么艰难啊,比保护自己,仍然保有写作的能力要难得多。(但是,在这样的情况下,又写些什么呢?怎么才能做到真实与公平?)

在十点到十一点间,我在公共信息网络终端机里挑出了占星师的地址。接着我又放弃了，我宁愿不要有任何的预知，因为，如果他们说了一些什么，我自然不可能忘记。我会不自禁去相信。终端机上为这个星期所做的占星预测已经足够让我清醒了。

梦到有一只非常漂亮的黑猫趴在我的文稿上，还有其他的一些事情，我记不起来了。哦不，还有是在一个类似学校的地方，小礼拜堂，就像是在伊沃托的圣米歇尔小礼拜堂，学生正在学习我的书，他们对我说复合过去时已经过时了，现在应该用现在时和简单过去时。我回应他们说："你们如何叙述昨天做的事情呢？我之所以用复合过去时写作是因为我们说话时就用复合过去时。"

11 月 18 日，周六

继续生活下去是残忍的。被电话铃声惊醒，打错的电话，一个女人，口音很怪。只要我们活着，我们就有希望，哪怕是最疯狂的希望。梦见了尼科尔，还有另一个女孩，梦见了我的父亲，他还很年轻，对我们在读的书感到很不满，觉得太色情了，太赤裸裸了。也许这是一个俄狄浦斯情结的梦。

我所有的问题在于：这样的状况会持续多少时间？唯一可比的是母亲去世。是关于她的书拯救了我。而眼下，我没有**权利**写关于他的东西。但是从很多方面来说，我又在**重新经历** 1982 年的十月到十一月，将要写的书与失去连接了起来。

也有一些时刻，我的恐惧暂时消退，我很困，就好像从列宁格勒回来之后再也没有睡过觉一样。接着我又会漫无目的地乱想：不再需要清扫这里或者那里了，也没有必要再买开心果和三文鱼了，等等。还有：也许他永远再不会来到这间书房、这间卧室了，而我们在这里做过那么多次爱。我会忘了他的面容。而昨天买了一条白色披肩，他已经看不见了，又或者有一天他还会回来，他再也不会提起斯大林，他会发福，会喝更多的威士忌，脸颊上会出现雀斑。而我呢？瞧，我在他面前有过承诺：我会试着不要老去。一直保持五十七公斤的体重。如果皱纹增多，就用黄金线雕拉皮或者其他方法维持。我知道，他爱我不如我爱他更多，但是因为他，为了他，我想要写一本很美的书。

11 月 19 日，周日

昨天，在看《费德尔》⁹⁴的时候产生了一种强烈的滑稽感觉，一位女演员（克洛德·德格利亚姆）饰演了所有角色。这场关于痛苦和爱的演出很风格化，高度的舞蹈呈现，很美，但不是我的趣味。只有拉辛的文本，毫无修饰的拉辛文本越来越是我的趣味。

梦见正在准备去土耳其旅行：也许是我想去苏联旅行的移情。在梦中，我想卖掉前夫祖母的珍珠项链。接着我想要走上一条公路，但连续几次我都走错了路。最后我来到了一条铁路线上，一些人正在穿铁路，但这非常危险（也许与《安娜·卡列尼娜》的结尾有一定关系？）。我折回原来的道路，兜了很大的圈子才找到了正确的道路（但是我能够记起我是从哪里开始错的）。正确的道路被铁路遮住了。

正确的道路

错误的道路　　　铁路

但是上天恩赐于我：我没有梦到 S.。

我惊讶地发现，我完全忘记了1989年究竟发生了些什么，因此，我跑到塞尔吉剧场，想要去看莫里哀的戏剧。西尔维娅提醒过我，可是我根本没有记下这些演出的日期。这一年，我成了我的生活的配角。

我要像大多数女人一样，悠闲购物，将兴趣放在新公映的电影上，放在阅读上，看着花儿在一月、二月陆续绽放。这样是不是总是要比一心只想着买衣服，想着前一个夜晚的动作姿势，梦想着接下来的夜晚，因为等待而揪心要好？不，也许，否则我就不会在这么多年仍然为 1963 年的罗马和威尼斯而懊悔不已了。

11 月 20 日，周一

早上，不想起床，待在被子里，缩成一团，一动不动。接着觉得肚子疼。闪过令人忧伤的念头，所有让我想到 S. 就是个花花公子的记忆。倒也不是那些最坏的记忆。而是另外一些：不想留下任何痕迹（照片，或是走的时候留下一件他的东西），害怕别人知道我们的关系。

感觉自己很平庸，总的来说缺乏勇气，尤其是缺乏写作的勇气。

11 月 22 日，周三

昨天晚上，在《从纽伦堡到纽伦堡》的节目中看到了苏德战争的画面。1941 年的列宁格勒，苏联疯了一般的勇气，几近神秘的抵抗。"斯大林给我父亲授的勋。"我为自己了解一个世界之后，又失去了这个世界而感到痛苦，窥见了以前难以设想的一点什么，因为这一点什么还没有落在具体的面容、话语和双手里：这个金发碧眼的男孩继承了在列宁格勒、斯大林格勒所激起的所有这些男男女女的共产主义理想，然而他并没有意识到，对姬龙雪领带和圣罗兰西装的向往就是对这种理想的背叛。

11 月 24 日，周五

距离我最后一次见他已经过去了十八天。还没有超过最长时间，之前最长的一次间隔是二十四天，在四月份和九月份。但是没有任何期待，于是数日子也失去了意义。有一天，我们不见的日子会变成两个月、三个月、六个月。有一天，拉上书房的两层窗帘，我再也不会像每天晚上那样，总是想着我们最后一次见面时，他要拉窗帘。我说："不太好拉……"他说："我会拉！"

梦到开车去旅行。车上有伊莱娜·S.（还是苏联人），一条狗（也许是因为最近才把青少年文学奖颁给了娜佳的《蓝狗》[95]?），但是我活着。我有时也会想，我也可以和另一个男人睡觉（我并不认识，或者不想认识，这种态度深层的动机是：痛苦，确认自己和 S. 不会再见，害怕衰老，对男人还有欲望，惯常的、重生的愿望）。

我越来越有一种阴暗的想法——甚至谈不上阴暗，只是令人懊恼——他在离开之前没有给我打电话，是因为他的冷漠，尤其是他不想面对我的请求：你打算留点什么给我当作纪念?（我一直问他要照片。）

11 月 26 日，周日

我仍然在做梦，这一次是梦到和他在莫斯科重逢，比在法国的重逢更加美妙。事实上，梦背后的恰恰是一种直觉，知道这一切永远不会发生，而这种直觉的力量，我从自己如此坚持写作计划的事实中看得很清楚，我并不是真的**希望**去莫斯科旅行，那样会占用我的时间。因为对 S. 来说，我只是一个能够提升他价值的故事，很久以前就已经翻过这一篇了，只是还有残留而已。但是，写作的欲望、**做些什么**的欲望，也许促使我更加喜欢这个无望的版本。

11 月 27 日，周一

三个星期。如今我沉溺在忧伤中，而不是痛苦中。因为缺少希望而忧伤，因为有那么多要完成的工作而忧伤，因为只会让我老去的时间而忧伤，却没有欢愉作为这一切的补偿。早晨心跳过速，恶心。做很多的梦，其中一个梦里，我前夫家人来了。而在梦里，我仍然是已婚的身份，我接待了莫里斯和他的妻子皮埃尔，还有我的婆婆，我害怕自己已经老了，因为我已经很久没有和他们见面了。我发现自己穿得很糟糕，粉红色的旧毛衣，等等。和我丈夫之间的一幕：如果不是所有人都来剥，我就不烧豌豆。我对这些鸡毛蒜皮的家务事的怨恨，悉数在梦里呈现出来。醒来后，痛苦地发现我在我丈夫的身上浪费了那么多时间，十八年……

11 月 28 日，周二

一如既往，醒来，又是没有希望的一天。我听到了一首过去并不曾打动我的一首歌，"是的，是我，热罗姆，不，我没有变。我一直是那个爱你的人……"（谁唱的？克洛德·弗朗索瓦？）我一边吃早饭一边在哭，因为歌词说的是去而复返。现在，我几乎每时每刻都在想 S.，高大、温柔、光着身子，也就是说，是我们见面的时候我印刻在脑海中的他的模样。我不相信他已经忘了这一切，我们在某些日子里那四射的艳光。但是这并没有给我任何安慰，恰恰相反，最终一切导向了记忆的缺失。唯一积极反应的时刻是，我发现我仍然有兴奋的感觉（对昨天的摄影师产生了兴奋的感觉，就是按照字面意义来理解的兴奋），我和那天 S. 离开时所看到的一样，穿着黑色的套装，就是因为 S. 的缘故，我一直喜欢穿成这样。我想起了我十六岁时，1957 年的四月，邮递员在街上给了我一封 G. de V. 的信，我幸福得发疯，但是我自此后再也没有见过 G. de V.。（在这封信以及我后天有可能在苏联大使馆电影放映厅得到的 S. 的"音信"之间有一种对称性，但我是不会得到任何 S. 的音信的。）

十二月

12 月 1 日，周五

这是第一个没有希望的月份。我去苏联大使馆看了《零号城市》。我如同**行尸走肉**一般，没有痛苦，没有怀念。第一次我真的看了电影。很明显：他之所以不和我说再见，就是为了避免我提任何要求，因为对他来说，我只能算是一个纪念（我想，应该还算是个比较怡人的纪念）。我就是一个空位。如果没有任何的音信，我就不会再等。很想要经历一段消遣性的感情，就只是消遣而已，为了忘却（还是会习惯性地买避孕套）。梦到写明信片拒绝约会（拒绝谁?），重写了三遍。第一张太短，干巴巴的。第二张用妈妈的离世做借口，然后说"是我家里一个亲人的葬礼"，尽管我不喜欢这样做，因为我迷信。这应该和我在写作上的犹豫有关。

12 月 2 日，周六

没有重读我的日记，因为这很恐怖。写下的痛苦，等待，总是希望，总是生活（写到这里，我哭了）。现在，这样的痛苦本身也是不可能的，我眼前就只有空虚。不是未名的恐惧就是空虚，这是什么样的选择啊！

12月3日，周日

恼人的梦。和一个年轻男人有了艳遇，走在路上，因为吃醋离开了他，转头就看见他和一个姑娘手挽手地走了，姑娘穿着红外套、蓝裙子。很苦涩。每天早上，起床都很困难，需要重新学习遗忘。看到所有拥抱在一起的情侣都让我揪心。现在来看这个故事，不过是我和一个苏联共产党员发生了关系，在一到两个月的时间里他非常钟情于我，接下来也就习惯了，而且只是担心怎么不让别人知道，以免影响了他的前程。再要去想那些所谓真相的"征兆"又有什么意义呢，在十月的时候，我把这些东西一一记录在日记里。他完全没有任何的消息，或许很多年都是如此，甚至永远都不会再有消息了，而这些也都会将我带向彻底的遗忘，这是唯一的安慰。

马耳他峰会[96]。五年之后，东欧会是什么样子？东德西德合而为一？苏联，苏联……怎样做才能让自己不要满心、满脑袋都想着这个国家，想着莫斯科。这一声向共产党员发出的呐喊："到莫斯科去！"文字游戏，"可不是这样的莫斯科！"……

12月6日，周三

法国共产党对作家令人窒息的爱。包围的策略，接下来，成为一个"共产党作家"就意味着社会性死亡。当然，我只喜欢苏联，而不喜欢法国共产党。距离我最后一次见 S. 有一个月的时间了。他的不辞而别也预示了未来：再也没有任何音信，除非他有朝一日回到西方。无论如何，他只可能作为人生赢家**洋洋自得地**（得到了某个前程灿烂的职位）给我来电话。

12 月 7 日，周四

梦见我准备去苏联过圣诞节，在一个我也不知道在什么方位的小城。可能和作家协会让我去……迪耶普[97]待六个月（！）的提议有关。我有苏联版权代理局的地址，但是我放弃了通过这个渠道在圣诞节给他寄一本书的念头。无论是出于骄傲还是出于清醒，最好就是忘记他，不要让自己还有不顾他意愿联系到他的想法。S. 和局长切维利科夫是好朋友，1983 年，密特朗把时任外交官的切维利科夫遣送回去，说他是克格勃。我感觉 S. 本人并不是克格勃（从定义上说，没有任何证据）。有多少我不知道的东西，表面上看起来属于苏联秘密的政治外交，但实际上只是他和女人有了新恋情而已？我唯一的竞争对手似乎只是他的"事业"，而在戈尔巴乔夫的政治改革时期，保住职位是很难的。

12 月 9 日，周六

梦到花园里都是雪（也许是因为昨天我学会了一

句俄语，"大地上白雪皑皑"，雪，sneg），我需要下楼到地下停车库（我家的车库是在室外的）。如果我不是在醒来的时候特地回忆一下，我很难会想起梦到了些什么。就只有一堆堆落下的雪，令人忧心。

12 月 12 日，周二

什么时候，早晨才能不再意味着绝望？然而，在我起床之前，我还是能够准确地想象出他的身体、他的面容，没有痛苦，也没有欲望：他就在**那里**，完完全全在**那里**，深深的眼窝，难以辨认，他的颈背、他的头发、他肩膀的曲线、他的性器、他的手腕和他有力的双手。有朝一日，我甚至无法再呈现这种如此完整、如此完美的记忆。我甚至还能感觉到他皮肤的质地，性器和嘴巴的味道。此时写下这些，我倍感心烦意乱，而今天早上，想到这些却毫无痛苦。

还需要多少时间，每天早上还要像这样一般**投身**

激情之中？也就是说，还需要多少时间，我可以不再痛苦地开始新的一天？

12月14日，周四

S.的气息，仍然会持续地出现，突如其来的泪水，一个月之后，还是非常非常艰难。当然，没有任何希望，然而，写下这些意味着我仍然怀有希望，简直是疯狂（尽管有理性，尽管出于对我们最后几个月关系的观察，我也知道他的离开就是我们关系的结束）。等再次稳定下来之后，尤其是和先前的局势相比有了进步，也许他会想起给我打电话。

12月15日，周五

已经有一个月了，我对他而言究竟意味着什么，我是看得越来越清楚了，因而也越来越心寒。总是同样的故事，**到头来**，明白了他是怎样一个人，甚至在日记里写下来，但是就是不相信，或者说拒绝相信真相。我的脑海里又浮现出在这一年里，那些曾经让我产生过短暂警觉的场景：在罗西亚饭店的第一天，他的面容和他的微笑，我感觉他想吻我，但其实那时他还不太认识我，所以说他是个情场老手……1988年11月，在从法国到苏联的路上，当他带着一群大使馆的女孩离开时，他看起来很假。

我的睡眠状况越来越糟，总是做梦：一辆苏联的火车，"我们可以下车"，但是"有可能有生命危险"，我又看见了S.，赤身裸体。但是什么也没有发生，很短暂的一幕，我就醒来了。我还梦到一间剧场，我在读我的批评意见，很差。是根据青少年文学作品改编的演出，在《我阅读》[98]杂志上发表的。在我的梦里，杂志名非常清楚。

12 月 20 日，周三

度过了一个周末，周一，令人恼火。尤其沮丧，有种深深的无力感。D.S. 在莫斯科，又是她一贯的演讲，饱受威胁的"价值"，知识分子的责任之类的。我本打算回应她的演讲，但是我没有这样做。她之所以被选中，可能因为她是雷诺多文学奖的评委，但是尽管我并不指望被选中，而且我知道我最好不要被选中，但是我还是有那种独生子女特有的易妒。

梦到 S. 和他的妻子（他和我之间的默契，显得他很不谨慎）。

我太累了，胳膊痛，肋骨痛（因为提过非常重的地毯），而且对我的写作要走什么样的**道路**也还不确定。

因 S. 而产生的痛苦只是潜伏着。重读了十月、十一月的一页日记，便让我痛苦地哭了出来。眼下我是真真切切地处在文学之下。我期待，我想这也是**有可能的**，我期待他能给我寄来新年的祝福，但是没有注明他的地址，我在脑子里已经开始回复这封我并没有收到的信了。

12 月 21 日，周四

梦到了 S.，他在伊沃托，在厨房里吃早饭。我给他烤了黄油面包片，我问他是不是给他的妻子也做同样的一份：是的。我亲吻了他，抚摸他，他想要我，我们上楼到了我的卧室。我妈妈在，在楼梯上的"小房间"里，正在洗澡。S. 不太高兴，因为到我的卧室必须从母亲面前经过。总是这个地方。当然，我很艰难地醒来了。

12 月 22 日，周五

我睡得很差，对什么都失去了欲望。早上，漫无目的的世界，无法开始写作。有时，会想起 S.，觉得这一切还很近，而与之同时发生的事情有：亚美尼亚的地震，1988 年十一月或十二月，米舍利娜·V. 来我家。但是我想起 1988 年七月到八月间的事情，比如和克里斯蒂娜·B.、安妮·M. 或者为加尔辛（Garcin）的《词典》编词条的时候，我又觉得时间的确在流逝。

12 月 28 日，周四

沉在一切之下，甚至是记忆。S. 就只成了一缕痛苦，彻底消失的痛苦。一切都让我感到恐惧，需要准备的旺夫[99]的课，还有写作的规划。我没有任何未来可言。可怕的圣诞假期。我梦到了罗马尼亚，就好像欧洲的梦魇从那里开始。1978 年到 1980 年的日子又回来了，但是我不再像当时那样希望从空虚中挣脱出来。我情愿换一个世界，而不是改变欲望，一切都在。徒劳的欲望，然而，一切都是那么毫无用处。甚至我已不再相信能收到他的新年祝福了。

自 11 月 15 日以来，我再也没有了欢乐。没有任何东西令我眼前一亮。我想要不断地沉入睡眠，因为我已经失眠了那么多天。我还是不能相信他竟然会不辞而别。"不要有任何尝试，不要有任何希望"，我在想我究竟是在哪出戏剧里听到的这句话。应该不是某出戏剧，而是塔罗牌游戏，是哪张牌呢？我想应该是"上帝之屋"[100]那张。

与此同时，我想要换一种存在，想要旅行，遇到新的人，投入"真正的"现实世界，而不是我所接触的，仅仅是由话语构成的世界。就像从前，在伊沃托那样，我不想"在这房间里老去"。今天不是房间，而是正对着花园的书房。

12月30日，周六

雾，让人想起1979年，十年。那时母亲在医院，后来的一年留给我的就只有平淡甚至无聊的回忆（在西班牙度假）。有一天我还梦见了列宁格勒的石子，那是我去年在涅瓦河畔捡到的。关于苏联的回忆……

我整理东西，把和母亲相关的那些证件记录都丢了，我发现自己一直忘不了母亲最后几年的日子，还有她的死亡。我一向没有对于过去的痛苦的记忆，以至于每次都是新的伤痛。同样，在我看来，我所做的一切只有在成为过去之后才是好的，美的。我十月写的关于魁北克的文章此时看来就很不错，我想，眼下我绝对写不出这样好的文章。

我感觉自己处在一个新的转折点，但是究竟是什么的转折点，我不知道。

12 月 31 日，周日

梦见了一个老女人。我在一家甜品店找一间屋子，人们告诉我到另外一幢房子里可以找到，需要穿过一条小街。是个死胡同，堆放着扫帚等后院杂物。我开车走了。一只巨大的轮胎横穿过广场，我避开了。应该是和我的艰难生活相关的梦。

我在 1989 年 1 月 1 日所希冀的一切差不多都实现了，只是还不知道需要付出什么样的代价。

1990 年

一月

1 月 1 日，周一

是不是，像 1960 年、1970 年、1980 年一样（1980 年要稍微好一点，尽管我的离婚还正在走流程），1990 年也会改变我的生活？给自己提出这样的问题就是表达这样的愿望。但是未知，无法掌控的动荡并没有给我太多的灵感。

如果愿望能够成真，就足以让我感到满足。第一个愿望是能从一月份开始投入写一本书，可以是一本我已经开始的书，或者在思考成熟之后的另一本，因为没有这件事我就不能真正地生活。第二个愿望是从**一月份开始**能够得到 S. 的消息，能够在 1990 这一年再次见到他，无论是在东欧还是在西欧都可以。事实上，如果爱情和历史正好能够吻合，我们能够在苏联的发展（革命）时刻重逢，那是多么幸福的事情啊，就像《飘》里的那种模式，在我十岁之前，是《飘》不知不觉地塑造了我的感情观，并且自此成为我永远的感情观。这一切是如此美丽，值得期许和想象，我甚至都不能够再期待和另一个男子展开一段故事，而且这个男子既不是苏联人，也不是金发碧眼。

雾，期待中的家庭团聚日。未来十年，历史将会发生怎样的变化啊（一直到今天，我们从来不谈论十年这样的概念，视野一下子变宽了）。就我的个人生活而言，这是必须**坚持**（与身体的衰退作斗争）和确定（写作）的十年。

我忘了，还有一个愿望，就是能够再回到苏联，出一次"任务"。

1月3日，周三

梦：我有一场考试，和儿子们一起。好像我对考试内容一无所知。我开了父母的那辆雷诺4CV，母亲坐在我旁边，开车的是我。有个警察冲我吹口哨，好像我闯了红灯。事实上是他不想放我走，因为我的车子的状况不好。我感到很担心，因为这样我就赶不上考试了。仍然存疑的阐释：因为我的母亲，我想要获得学业上的成功，这是最高法则。接下来呢？和我的书有关？我还在犹豫？

1月7日，周日

对于依旧如此美丽的记忆，我该怎么办呢？美丽，1988年9月，我从莫斯科回来的时候，曾经使用过这个词。今天晚上，我想起了八月份穿的那件纱丽。我把它展开：绸缎上留有那天爱的印记。是空缺本身。我没有一丁点儿勇气，没有任何欲望。我想写的那本书并不是必需的任务，并不是一件新事务，但这里有**另**一个故事，真正的故事，它仍然在我心里，我不能谈论它。

1月9日，周二

因为死不了而死去，我第一次明白了这句话的意思。唯一有可能的——至少我是这么想的，还没有经过证实——让我真正投入工作（而不是每天早上都在想，我应该重新学会生活和工作），是确认能够再次见到 S.，也就是说，他给了我音信。

眼下，我感觉自己在许多微弱的愿望之间徘徊，在付诸实施的几分钟或几天后，所有的愿望都失去了吸引力（开始阅读的一本书，去阿布扎比的旅行计划，等等）。

1月10日，周三

周一，见了 A.M.。我不喜欢所谓的"知识分子间"的交谈，充斥着意识形态、各种信仰，说到底却比"从自己喜欢的公寓里搬走很难"之类的日常交谈，比基于感情和经验的一切话语要虚假得多。

梦到了一个苏联人（不是 S.），我和他之间产生了温柔的感情关系（但是他和 S. 很像），还梦到了卢瓦河畔普伊[101]。现在，S. 从我生活中已经整整消失了**两个月**的时间。

1 月 11 日，周四

天气晴朗，当我开着车子行驶在新的城市里，我第一次敢重听夏天听过的那些磁带，《伦巴》《旧金山》，甚至是《时空舞会》。我感觉，我是多么热爱这个世界，而 S.，就像人们说的那样，仍然"留在我的生活"里。回到过去并没有让我感到痛苦：也许，我再次想到他的时候，已经像我们刚开始的那个时候，觉得这是一个美丽的、令人惊喜的故事，并不痛苦。我知道，这些歌会一直和他联系在一起，然而是以艺术的形式——这对我来说已经是一种习惯——充满激情，但保持距离，正是因为距离，才觉得幸福。

1月13日，周六

梦：在一家饭店，要求我们比正常离店时间更早退房。楼层服务员强迫我整理行李箱：时间很长，要把东西都整理到一起。这是什么意思，这个箱子也许意味着近期的或更遥远的过去？之前还有一个更加折磨人的噩梦：我爬到一个不知道什么的高处，一支瞄准我想要杀死我的手枪（谁在瞄准，我丈夫吗？）。然而是发生在八十年代初的事情（很奇怪，在梦里，我知道自己会重新经历已经经历过的场景）。

1月15日，周一

迅速闪过的梦，纠缠在一起。我正在上的课，就好像所有的考试都要再来一次。我又看到了G.D.（说到底，我是不是有点看不起她？她是一个很孩子气的女人……）。有一个更清晰的梦：发生在

L. 的别墅里，小时候，我非常喜欢这幢位于克洛德帕尔街的别墅。我和一个姑娘（是谁？莉迪亚？）在室外吃饭，我的前夫变得大腹便便，丑陋不堪，简直都认不出来了。有一个大卡车经过，司机看着我，停了下来，问我是不是认出他来了。没有。利勒博纳[102]的杜亚丹（Dujardin）。他认出了我。看上去他并不比我年长，但是我一点也想不起来（这个梦应该是和我的书有关）。接着，是另一幢房子，那里有个"迷人的年轻男人"，B.，还有他的女朋友？一种沙沙的声音，迷情的气氛。当然，这肯定是因为我一直在问自己，什么东西能够吸引到 B.，而在 1988 年的八月，是他让我浮想联翩。只是时间流逝，我有了 S.。上周五，我在医院里看牙，牙齿疼得要命，为了能够忍受痛苦，我想起了 S.，想起我亲吻他的性器的场面。此刻泪水夺眶而出，仅仅是因为想到了这个。即便是十一月的痛苦，难以承受的痛苦，在我看来，也好过现在的情况。

1 月 16 日，周二

反正在这本日记里，我已经没有什么好写的了，只有梦，那就记录梦吧：大巴车里的故事，参观一个"教育"机构，不是很明确是什么地方。最关键的是：我丢了包——这十年来我在梦里丢了多少次包了……就是不适、焦虑的象征，而不是对于失去女性特质的恐惧，后者是精神分析的套路。

如果我在 7 月 1 日前能够再见到 S.，我就去帕多瓦[103]。许愿能够让我有一点生机，而且许愿不像占卜那么危险，因为占卜太现实了，而且占卜是说出来的。说出来了之后就忘不掉。一切话语都是行动的原则。

1 月 18 日，周四

做了很多梦，其中有一个很残忍。一个很激动的女人和很多孩子一起来到了一条小河旁，她用绳子牵着其中的一个孩子。而孩子踉踉跄跄地走进了河水里，其他孩子也都走了进去。女人不停地喊，说这些孩子让人难以忍受，我看见那个绳子牵着的孩子要沉下去了，另一个小姑娘贴在一块岩石上。最可怕的是，透过透明的河水，可以看到水中漂浮着一个孩子。这个女人一直强调说这不是她的错。我很怕这个女人象征的是我母亲（我印象里她曾经任凭我死去，无动于衷）和我自己（害怕自己的孩子会死，还有我堕胎的事情）。

另一个梦发生在苏联，在酒店的房间。一个男人走进来，就好像是他的房间似的，然后他又出去了。我在房间里囤了很多煎饼、杂粮面包，我囤了很多。我用望远镜看在街头跳舞或游行抗议的人群。还有一个梦，我梦到一座房子，比这座还要漂亮。在房子的一个房间里，有两扇窗户。

今天下午，我出发去马赛，就像1988年10月，但是再也没有了欲望也没有了痛苦。昨天，有一个瞬间，"事后"的嫉妒：玛丽·R. 想要来找我，我想她是想告诉我，她和 S. 睡过。虽然从理性的角度来说，这一切可能都是臆想，但是我就是沉浸在痛苦中。2月 2 日，她坚持要在这个日子和我见面，这一点让我感到疑虑。

1 月 19 日，周五

在从马赛回来的火车上，读到卡尔维诺《如果在冬夜，一个旅人》的片段，就是"在落叶上的日文书"的那个片段，这个片段突然点燃了我的欲望，我想要做爱，前所未有地想，而自从 S. 离开之后，我几乎已经成了行尸走肉。这一切都叫人想哭，回忆，空虚，深埋的柔情。失去一个男人，就是一下老了好几岁，那些因为他在，因为想象中还有很多年而似乎未曾流逝的时间，一下子就过去了。而这欲望也意味着我已经准备坠入同样的**童话**，也许，为另一个人。

1 月 24 日，周三

明天我会去苏联大使馆的电影放映会，也许是为了能有 S. 的消息。有时会再次滋生疯狂的希望：比如说他突然"被任命"到法国附近。我想，他也许会给我来电话，否则，生活和人与人之间的关系真的是很残忍的东西：无论如何，他曾经来过，他有时会说"我爱你"，他对我有强烈的欲望……但是我"给予"他的一切就只能到我去阿布扎比旅行之前，之后，如果他再不给我任何音信，我就会强迫自己以这种或那种方式忘记他。因为，现在已经成了虚空的时间，会飞逝得令人头晕目眩。我写得越来越慢，两天十行。

1 月 26 日，周五

大使馆的苏联电影。没有消息，1956 年的电影，讲的是集体农庄的斗争。理解他，S.，也需要理解这些，理解这些戴头巾的女人，而在那个时代，我跳着摇滚舞曲，参加共产党组织，等等。这个地方，大使馆，每次再度呈现在我的眼前，都变得更加陌生，更加奇怪了一点。但是，今天夜里，仍然还是想着他的身体、他的眼睛。

此刻，我在等一位记者教授，埃莱娜·S.。我想起了下午对 S. 的等待，还是会不安，想哭。

1 月 29 日，周一

最糟糕的，就是仍然在继续等待，然而已经无可等待。再加上我有大把的空闲时间，可是我没有什么重要的事情要做，也就是说，我不能确定自己是在正确的道路上，或者说，不能确定自己选择了正确的声道。再加上我害怕，如果我 1991 年还不出版任何作品，甚至最糟糕的情况下，1992 年还没有任何出版，我就会缺钱。

1 月 31 日，周三

明天，二月。每个月的开头，每个月的 15 日——就像是储蓄结息——我都会隐隐约约地等待 S. 回到西方，给我电话。很快就过去三个月了。我并没有很大的好转，一切都是那么缓慢、无效，甚至包括写作，尽管写作已经算是好一点的了。

我重读了十月到十一月间的日记，已经忘了那么多的事情。博尔赫斯那么美妙的话语，"世纪更迭，而唯有在此时此刻，事情才发生。陆、海、空中有数不清的人，但一切实际上发生的事，就发生在我身上。"[104] 我知道这一点，而且深知这一点。现时，"什么是现时？"这一整个夏天。我，我……然而一切都显而易见。

我因为一个可怕的地方而写作——1952 年 6 月。

二月

2月1日, 周四

阳光下, 一切都成了金黄色的、蓝色的, 温馨的。鸟儿在鸣叫, 突然间, 有了少女时代的那种忧伤。也许有一天应该说说, 一个四十八岁到五十二岁间的女人为什么会感到距离自己的少女时代很近。同样的等待, 同样的欲望, 但是我们并不是走向夏天, 而是走向冬天。但是我们"了解生活"! 那么痛, 只有为数不多的一点方法可以让我们不要承受那么多的痛苦。我今天晚上遇见了那个"迷人的年轻男人", 除了和一个如此俊美的男孩在一起的愉悦——总算还有这样的愉悦——之外, 没有任何其他想法。我仍然被对 S. 的欲望完全占据, 准确得近乎残忍。

2月2日, 周五

"文学圈"的一天, 有一种不洁的、恶心的感觉, 究竟是为什么也很难定义。大家对昆德拉大献殷勤,但是这些游戏对文学史来说很重要，因为人们，尤其是教授们，特别喜欢以权威，或是集体追捧的方式呈现给他们的东西。这些游戏并非无害。对我来说，写作毫无疑问是道德的。我有一种强烈的感觉，那就是激情——例如我对 S. 的激情——和写作都是不受时效性约束的价值，看重的都是**纯洁**和**美**。我几乎忘了，去年，我对这个圈子颇为厌恶，是我的激情陪我度过了这段时间。

2月5日，周一

梦到我母亲，或者，尽管仍然"病着"，但是精神还算很好。她买了一双鞋，有点小，因此走路的时候脚疼。她讲述了一个故事，但是没有办法前后一致。而她和我的婆婆（婆婆真的还健在，同样得了阿尔茨海默病）比起来，情况已经很令人满意了。这个梦让我觉得时间似乎是可逆的：我**同时**在想，母亲已经死了，接着她又回来了，只是病了而已，她重新投入了无法确切定义的时间。

我睡得很糟糕。在半梦半醒之间，我**重新见到了**S.，是有意的。这个夜晚，在楼下，他的背影，当时他正在调电视，穿着我的浴衣。我仍然能够想见他的身体，能够感觉到每寸肌肤。我觉得这很可怕，疯狂就是终于真实地看到了直到目前为止一直在我想象中的东西，否则还能是什么呢？因为看到日子一天天流逝，我也经常想起那个"迷人的年轻男人"。

2月7日，周三

似乎已经走出了上午醒来时的痛苦，不，还没有。梦到了S.，我想应该是在波兰。我在一群男人中认出了他，我想说的是，是在一个男人的世界里，就好像我完全身处这个世界之外。每天，我都要重新制定我的日程表，我说服自己写作。未来已经毫无意义。

2月10日，周六

我试图说服自己——这也并不是太困难——如果和 B.，"迷人的年轻男人"来场艳遇，可能也是很惬意的。但这只是想想罢了，他并不是我的，而且我也很少两次对同一个男人产生欲望。他并不知道我的想法，但是的确在 1988 年 8 月，他失去过一次机会。我一心只想着在阿布扎比或者迪拜给 S. 寄一张明信片——而他也可能会收不到——这种想法又给了我一个荒唐的生活目标。对我来说，他曾经是梦想和痛苦的最大的源头，我不能轻易放弃他，或者说，我不能轻易放弃他的形象，放弃关于他的回忆。除非是醉了，否则我不能跟 B. 有进展。

2月12日，周一

弗朗索瓦兹·维尔妮（Françoise Verny）昨天晚上在电视三台说她只有一个遗憾，就是没有让我成为格拉塞出版社（是 1974 年?）的作者。在亨利·夏普耶[105]的《长沙发》节目上，她只提到了 B.H. 列维[106]和我。（我很不喜欢把我们俩放在一起，但是还好，在维尔妮的陈述中，我们俩是被分开来提的。而况维尔妮对自己发现了 B.H.L. 感到很骄傲，至于我，她是觉得错过我很遗憾，我情愿是被她错过的那一个。）出于虚荣我感到很满意，但是维尔妮是一个非常聪明的人，是我非常非常尊重的那种类型的女人。在《撇号》节目上，所有人都对她避之不及——就是这些自诩纯洁的知识分子和小资产阶级——但我对她能够产生共情，她喜欢沉醉，非常美妙。同时，听到她的这些话、她的赞美，我觉得似乎她讲的是另一个女人，比我更有才华，更加完整：是一种理想型的人物，这是我在利勒·博纳透过房间窗户听到的声音，我并不知道那是我自己的回音。而我把自己放在这种声音之下，放在这个并不存在的女人、这个我向往的形象之下，我觉得我永远达不到这个高度。

有一种感觉，准备去阿布扎比，只是为了到那里去给 S. 寄一张明信片："友好的回忆"。

今天晚上看了《德国，苍白的母亲》[107]。我一直怀疑这部电影是在和我对话。一部影片或是一本书，如果不将时间、历史，以及历史中的并且因历史而发生的人的改变考虑在内，就谈不上美和真。一部非常可怕的电影，同时也是一部美妙绝伦的电影。题目也是非常完美的一种契合，取自贝托尔特·布莱希特[108]的一首诗。

《生活与命运》，一部如此伟大的作品；《德国，苍白的母亲》，一部如此伟大的电影。而我呢？我写了些什么？

2月15日，周四

不眠之夜，接着就是迷迷糊糊的、危险的梦。在圣萨蒂[109]公路上，我才上桥，桥就被拦了起来，离水面很近，只有一点点位置允许掉头。我走进一家很怪异的咖啡馆，有点像个小客厅。我遇到了安妮·勒克莱克（Annie Leclerc）（其实我从来没有见过她），对于在那里看到她，我觉得很惊讶，"真巧呀!"，但是她又等了一会儿才走。而在我家，厕所起火了，是埃里克弄的。我建议用厨房壁橱里的灭火器，但是灭火器不见了，大家都怀疑是大卫干的。不过我还是找到了灭火器。另一个梦，我危险驾驶，但是没有发生事故。我七点钟醒来，觉得自己听到了电话铃声。也没有办法确定是我梦到了电话铃声还是真的有电话铃声。相对于我应该做的来说，我活得很不好。非常清楚的是，昨天晚上在巴黎，每每出去，就能够意识到自己的痛苦、空虚，对写作业也失去了兴趣。而我周日出发去阿布扎比……

2 月 16 日，周五

似乎波伏瓦的幻想就来自她的生活，她的一生都录在一个巨大的录音机上。这是多么奇怪呢，这个女人发表了那么多关于存在和自由的高见，竟然会产生这种欲望，平淡无奇，毫无意义，因为通过拍摄和录音记录一生的所有行为和话语，肯定会揭示出一些东西，但肯定不是所有的东西。要想解释一个人的一生，必须还要给出所有影响他的东西，阅读，而且肯定有东西会漏掉，是无法呈现的。

2 月 24 日，周六

在这一周里，出于偶然，将由我在《撇号》节目上谈谈波伏瓦。我立刻就接受了邀约，尽管因为还有书要完成，这就会需要额外的时间。这对我来说是一种"责任"、一种致敬，更确切地说，是要还债。也许，如果没有她，没有在我青年时代和在我最初接受教育的那些年（直到三十岁左右）时，她那样一种形象的指引，我就不会是现在的我。她是在我母亲离开后八天去世的，这对我来说也意味着点什么额外的东西。想要做点好的事情，又怕做不到，某一种关于文学行动的理念。

怎样来描述阿拉伯联合酋长国呢？旅行的幸福感，能够看到平素只能想象（而对我来说，通常想象的都是不好的东西）的东西的幸福感。同时，对于整个活动安排的形式主义，我也感到非常恼火。但奇怪的是，而且很长时间以来都是如此，什么都不会让我感到有压力。没有办法和此行的同伴一起付诸行动：他酷似 J.F. 若瑟兰！我还是情愿想着迷人的年轻男人。但是，但是，周一下午我在房间里做的第一件事情——我能够清楚地看见自己，我坐在电视机旁的桌子前，正对着镜子，台灯在左手边，大街上的喧闹声一直抵达十三楼，因为我的房间是 1314 号——就是给 S. 寄一张从阿布扎比发出的明信片，通过苏联驻法国大使馆转寄。"来自波斯湾，为了曾经的友谊——A. 埃尔诺。"他会收到吗？如果收到，有两种可能。一是来电话。还有一个就是继续沉默。沉默可以表达所有的意思：不在乎，拒绝再次卷入我们的关系中，哪怕是距离遥远——还有，对于没有被忘记感到很幸福，但是不想表现出来。之所以写这张明信片，是想要得到一点音信，哪怕是激怒他，或是激活他的回忆。

阿布扎比天气晴朗，夏天又回来了，过去的那个夏天，我躺在阳光下，等待他的到来。我感觉到已经过去了那么长的时间。没有他的冬天结束了。但是，如果能够再见到他，仍然会非常幸福。

三月

3 月 2 日，周五

N. 在周三晚上说的话真是可怕极了："你难道不

像其他所有女人一样，喜欢仰视吗？"她想说的是精神上的仰视。这是两种不同的女人之间不可逾越的鸿沟，觉得这句话没错的女人和其他女人。

在菲洛诺夫[110]画展上，放了一段他的录音，他说："如果觉得做一件事很困难，就必须坚持，只有在发现解决办法的过程中我们才能做到真正的创新。"

去年此时，我刚刚开始经历这个痛苦的故事。忘却刚刚开始，但我还是会不时地想象和他重逢，想到这里我哭了。

这是我自打在巴黎地区生活以来，第一次看到李树开花（一月份的时候，日本的木瓜树会开花），木兰花也已经爆枝了。大片大片的紫罗兰。天气很冷（0 摄氏度），这番景象自十二月份以来就没有过。这是不是意味着我的生活将出现"转机"？更像是将唱片翻转了一面，而不是翻篇的感觉？但是我觉得更是像日晷那样的变化。

3月6日，周二

老歌，"没有爱情的春天不是春天"。尽管有很多活动，例如《撇号》节目，但还是非常痛苦，每天，都问自己这个问题："有多长时间没有爱一个男人了？"所有的问题在于，我不能为了睡而睡，我需要的是欲望，真正的欲望，我在列宁格勒街头感受到的欲望，在九月的那个星期天，在陀思妥耶夫斯基故居，在看芭蕾舞的时候，还有在卡拉利亚饭店的房间里，和大家在一块儿的时候。一切仍然那么鲜活，鲜活得可怕。他身体的每一个部分我仍然记得。还有那一夜，在我历经绝望之后，我享受到的至上的欢愉（此后我几乎再也没有过），成为他的欢愉，短暂地成为他的一部分。谈论波伏瓦，谈论萨特，就是谈论S.，尽管没有任何可比性，因为表面上看起来，他就是个苏联的共产党官员。

3月7日，周三

读波伏瓦的日记时感受到的幸福让我产生了强烈的重读自己日记的意愿，于是我沉浸在恐惧中：去年三月的时候，是溃败、厌恶和嫉妒。而此时，看到眼前徐徐展开的三月，我仍然感到揪心。我尤其是在问自己，究竟以什么样的方式，如何才能让自己能够平静一点儿？去年的忧虑，无形的悲伤，而今年，是什么场域，怎样的表达？去年就是在差不多的时间，我等待 S. 的到来，然后他在那里，我们做爱。我能从这一切中痊愈吗？从他没有留下任何痕迹的消失中痊愈吗？我在修订《一个男人的位置》的英文译本。他走的那天，我在修订《一个女人的故事》的英文译本。四个月的时间，只要想起这些，我一直在哭。我做的一切事情，还是为了他，我甚至没有心思去做这一切：为环法自行车赛写一篇序言，《撇号》节目。

3月9日，周五

这个三月与 1986 年的三月没有什么相似之处，但是同样的"不确定"，写作的事情总是被外来的一些事情打断，出席波伏瓦的活动（我对她写给萨特的《越洋情书》实在是有点消化不良）。要在《撇号》节目上介绍 K. 的书，我也很紧张。再加上我正努力埋葬 S. 的一切：我不再上俄语课。B.，1988 年夏天（马上就要两年了）那个迷人的年轻男人，周四晚上又来了我家，我于是又产生了一些幻想，甚至夜里都无法入睡，翻来覆去地想着可能性，或者更准确地说是不可能性（他来不就是为了谈谈他的"短篇小说"，因为他想要出版？）。我很脆弱，看重肉体，这已经不是什么新鲜事了，自从重新获得自由的这七年以来，我越来越如此。和 B. 的交往都很平常，略有点奇怪，开始是在讷伊（Neuilly），接着是在圣日耳曼大道的咖啡馆——在 1989 年重新见过两次，只是因为 S. 觉得很无聊——一个月前在皇家桥（Pont Royal）见过一次，那次有趣多了，甚至可以说很有趣。接下去会怎样呢？在电话里，他的声音有点颤抖，有点感动，多么温柔啊，但是这只是我的感觉。除非他也有某种他自己尚且不明了的欲望。和他在一起，是对某种尚未成形的开始的希望，可惜这种希望也过于美好了。

3 月 10 日，周六

我五点半醒来，觉得自己听到了电话铃声（在我看来应该是梦），于是我立刻沉浸在六个月前的激情世界里（我发觉自己已经不再那么沉湎于激情了）。接着是另一个梦，在梦中，我带着一种难以置信的轻盈——因此是很正面的——跑下几段有间隔的楼梯，最终转向一个停车场。但是接下来就是一个很可怕的梦，我从鲁昂坐火车去巴黎。火车应该在伊沃托停下。我坐在某节车厢里读《嘉人》杂志，左手边是个女人。我在寻找站名，但是没有看到。火车里有好些去意大利的旅行团，就是地中海俱乐部之类的（这是不是对我 1963 年罗马之行的再现?）。旅行团的人下了火车，我也下去了。我不知道自己在哪里，也不会知道。人们只是告诉我说，下一趟去巴黎的火车要八天之后。所以我必须寻找别的交通工具，比如说搭顺道的卡车什么的。我问了一个男人，他身形巨大，脑袋简直快顶到火车站的天花板了，而我非常非常小（这可太令我感到惊讶了）。也许这在以后也是可能的。然后我醒过来了。

在《撇号》节目上见到了叶利钦，还有季诺维也夫[111]。叶利钦就是 S.，只是比他大二十岁，深陷的眼窝，狡猾，残忍。嘴巴不太一样。同样的自恋，爱说大话，这是不是俄罗斯民族的特性？今天早上，我后悔给 S. 寄了明信片。

3 月 12 日，周一

又一次做梦，梦到自己在区域快铁上，很模糊。我是不是每天晚上都要坐公共交通了？……

3 月 13 日，周二

今天起得很早，给环法自行车赛写序言，但是我又拖了。做梦。这就是我们再熟悉不过的陷阱：欲望独自蒸发，变成了即将成真的故事（当然是关于"迷人的年轻男人"的故事）。梦到去安纳西或莫斯科旅行。在饭店里，房间号我忘了，可能是 1520，或者是 1522？好像是 1520。有个同伴，但不是 S.。还有一个令人困扰的梦：一个穿泳衣的小姑娘不见了（接着就找到了，好像死了?）。但是这个故事又得以重建，小姑娘活了，她离开去散步。她又重新活过来，这就能够还原究竟发生了些什么。但是很困难，因为**我们知道问题在哪里**（非常正确）。这个梦象征着小说，写作：我们其实知道结局。

3 月 15 日，周四

迷人的年轻男人来了，很感动，我想他也产生了某种幻想，或者想到我对他有想法，所以他应该"来一趟"（这件事上是我在主导）。开始是很沉重的氛围，有些混乱，接着就有了说话的力量，一切不适感都消失了。到头来，我对他已经不再有想法了，他太多管闲事，太年轻，而且在《撇号》节目之前我还有很多工作。他在我家待了三个小时。走的时候，他说他的女友去滑雪了。太迟了，我把他送到火车站，在我们互道再见之际，我开始抚摸他的胳膊，挺别扭的。还不如什么都不做：这更增加了他的混乱。一点点轻微的变态。我可以肯定，他不擅长做爱。

有一个时刻，他从扶手椅中起身："我抽筋了！"我想笑，"拉伸一下就好……"但是，比起我在列宁格勒时对 S. 的绝对欲望，这是多大的差别啊。

3 月 19 日，周一

我重新读了《名士风流》[112]。我真的和安娜太像了，和刘易斯在一起，就是说和 S. 在一起，我哭了。

波伏瓦写道:"没有人再会带着这样的口音喊'安娜'。"这样的话,我写了无数次。就这样发生了。从阿布扎比回来之后,这些日子已经让我远离了最初剧烈的悲伤:但只是念了这几行,我又回到了去年,或是几个月前的我,然后就立刻泪流满面。在我的反应中,我觉得自己和波伏瓦真的是如出一辙,甚至连粗俗都那么像,"要是不能'干',要这么多故事又有什么鬼用!"这句话也像是我说的。还有最后几句话:"谁知道呢?也许有一天我又会重新得到幸福?"是的,我还在对自己说这些话,并且能够接受让我们再次得到幸福的人不是 S.。重新读了《名士风流》后,我产生了一五一十地把这份激情写下来的念头。

3 月 22 日,周四

明天,《撇号》节目,对我来说,这简直和学士学位或是教师资格证考试一样,同样的感觉,一方面觉得自己"准备"好了,同时又觉得并没有真正准备好，无论如何必须眼下就解决掉。我很恼火就问麦西多尔（Messidor）集团要了三千法郎，它肯定做好了给更多的准备。麦西多尔和法国共产党现在越来越喜欢做一些封闭的小动作，我觉得这样真的很烦。

3 月 24 日，周六

结束了。为什么总是会有这种耻辱的感觉呢，上电视，暴露在众目睽睽之下，没有说出我想要说的，关于波伏瓦的一切。非常不满意。

我在贝宗[113]对一个女人说的那句话，真正含义是：必须等到母亲去世，我写了母亲之后，她才可能成为那个"她"。

书展。如果 S. 在，和俄罗斯作家们一起呢？**如果他不想见我**，或是在巴黎有了另一个女人呢？我又陷入了去年的地狱状态，而且我不确定自己是不是想要他。

3月25日，周日

疲惫极了。一个非常清楚的梦：伊沃托的地窖，我固执地寻找一根香烟，尽管冒着一定风险（战争？是不是因为我要参演的那部电影提到了战争？），而且梦里一直有人在反复提到斯大林。是1952年的地窖，我的父亲想要杀死我母亲，我的世界的裂口。接着是斯大林，是共产党（昨天，和贝宗的共产党员有非常友好的交谈）。我父亲代表的是阶级意识，出身无法否定。知道这个对于十二岁的我本该无法理解的举动（但是不，我知道，这可以解释）有其原因——我母亲的攻击性，她想要翻身的欲望，她想要施加在所有人身上的那种绝对的控制。

3月26日，周一

现在，我的痛苦甚至都被剥夺了。一切都变得灰蒙蒙的。S. 不知道我去《撇号》节目当然是为了他。我不再学俄语，与去年的故事相连的一切都不再有意义：我看到的仅仅是缺少投入的激情，但也只能如此了。观察到这一点是非常可怕的。**真正的生活只能存在于激情之中，欲仙欲死。**而这种生活并不具有创造性。我花了几周时间重新阅读、思考波伏娃和萨特，这是让我清醒的最可靠方法。像往常一样，我把自己的全部生命和感性投入对波伏娃的解释中。可其他人却把她缩减为花边新闻，这真让人气恼。

3 月 27 日，周二

八点差十分，电话铃声。我拿起听筒，没有声音。不会有其他电话了。这个夜晚，充满了对"迷人的年轻男人"的欲望，他是唯一可能承载我的爱与遗忘的。我又重新回想起我们，S. 和我，我们做爱的方式，赤裸裸的，非常明了。没有任何痛苦地回想起这一切，非常接近经历过的现实。这一关系中情色的力量出现在我眼前，也许这是唯一的真相。我从周六以来就非常不舒服。先是两天以来抑制不住的瞌睡，昨天以来，我对什么都兴趣乏乏。

下午。第一次敢于用公共信息网络终端机尝试了塔罗牌算命。提出问题："S.，我上一个情人，他不久之后会有消息吗？"半个小时以后才传来回答（您好！然后是价格！）：S.一定比您要年轻得多，但是不要对这一关系期待过高。"占卜师"和我差不多大，然而还是有点让我感到困惑。不，往好里想（除了她"看到"S.的年龄以外）：她把我看成那种水性杨花的姑娘，所以从世俗的眼光来看，我当然不可能找到那种"好"男人，维持长期的关系。

3月29日，周四

我十一月的痛苦是正确的，因为它预示了接下去发生的事情，不仅仅是由简单的时间流逝构成的生活，而是另一种生活，在这种生活中，S. 有可能是我的耻辱，是我对能量的浪费。我说过的这些话现在看来很奇怪："不管何地、何时，你能要求我任何事情，我都会为你做。"我现在对此也不再确定。而他，也许现在仍然相信这一点。

平生第一次，我看到三月所有的树都开了花（开了一个星期），甚至包括丁香。小 B. 那里没有任何消息，他应该已经收到我的信了，知道我在等他的回答。我觉得他很痛苦，而且知识分子味道太足，因此，无论如何，和他做爱不应该是我比较喜欢的那种欢庆气氛。

正如预料之中，去阿布扎比，上《撇号》节目，给麦西多尔写一篇序言，也就是说，与 S. 有或远或近关系的这一切，都将我推向他的世界之外的地方，推向没有关于他回忆的地方。小 B.，他则还是停留在可能的范围内。

我甚至不能确定,自由存在于写作之中,我甚至在想,写作是不是一种最糟糕的错乱,因为过去的、曾经经历的恐惧都回归了。但是相反的是,结果,也就是说,可以成为别人通往自由之路。

晚上。最可怕的是,过去,我找男人是为了"稳定下来",是为了拥有一种兄弟般的爱。现在,我找男人就只是为了爱,这也就是和写作最相似之处,为了失去自我,为了填补空虚。

3 月 30 日,周五

梦到我必须去马德里(?)试图想起——但是没想起来——我 1959 年在玛丽-乌德玛尔学校(L'école Marie-Houdemard)时的模范教师的名字。有一段时间——是什么时间?——我能够毫不费力地记起这个名字。可这段时间已经过去了。

3 月 31 日，周六

不是马德里，而是辛辛那提，也许是纽约或芝加哥，五月。接到电话时，我正一边剥着豌豆一边在打瞌睡。开始时兴高采烈，然后兴奋劲儿很快就过去了，但这是为数不多还能**支撑**着我的东西，那就是还想了解世界的愿望。可以说，我唯一真正想去的国家，去了能真正让我感觉到幸福的国家，苏联，拒绝了我。但是这种幸福我现在也不再能确定。我不无遗憾地看到，S. 的形象已经变回到了当初我在伊莱娜家看到的那个穿着朴素大方的苏联小伙子。

重新想起了斯宾诺莎：无形的想要逃向客体的欲望。作品可以**固定下一切**。我一直很想写一本历史书，但是我难道不是应该首先面对我与 S. 共同经历的爱情，不是应该首先面对写作的问题吗？

四月

4月1日，周日

梦到小 B. 给我电话，和前几次一样声音发颤。但是他对我那一天的动作横加指责。我想，他应该对我没有任何欲望，因为我最后一封信并没有召唤来他的电话。（实际上，我写这封信，期待的可能正相反，而且这也是可能的：他不知应该如何进行下去，"更进一步"。）

给《教育手册》期刊写的这篇文章越读越觉得可怕。时间白白浪费，写作也不复从前，没有任何东西能够带来新知识。

4月2日，周一

梦到 S. 给我来信，用法语写的，我很费力才猜出他写了什么。他感谢我从阿布扎比寄去的明信片，讲到回苏联后他这一年经历的困难。在梦中，我对自己说："我简直不能相信自己是在做梦！而我现在是清醒的。"

今天我又重新开始工作，希望在中断了一个月之后，能够清醒地评估一下继续的可能性。

4月3日，周二

梦：前夫在我的书房，对我说："你让所有人都看到了你的这些纸，你都不整理一下，这么……（他用的什么词？可怕？噩梦一般的？）东西。"他所谓的纸是1952年6月的那段记述，我昨天第一次写下来："我的父亲想要杀死我母亲。"一种起始性的叙述，先于一切。来自1952年的眼泪。很快就要三十八年了——然后就什么都没有了。我惊讶地发现自己已经记不起当时所发生的一切，只记得母亲说了一句话："勒科尔神父听见了！"我的父亲说："我什么也没对你做！"我说："你们会耽误我考试的！我要'赢得霉

运'了!"（诺曼底方言的一种表达，意思是事情再也
不会像以前一样了，我们陷入了恐怖之中）。

4月6日，周五

从上萨瓦省和格勒诺布尔回来。

对安纳西，一种中立的看法，没有任何感情色
彩。我看见了"玫瑰园"，我觉得我不妨推开栅栏门，
走上台阶，进入方形玻璃走廊，换句话说，仿佛十六
年前一样。同样的生活还在继续。我沿着圣克莱尔街
往前走：维东牛肚店、小咖啡馆、弗雷蒂小店、波
莱点心店都在，但是，阿拉伯酒吧、阿尔萨斯熟食
店（那是很久以前的店了）、香水店（老板娘很可能
是靠和男人约会过日子）、皮具店"绿蜥蜴"都不见
了，费拉特里（Filâterie）街的萨维克（Saveco）也不
见了。从艾克斯省到格勒诺布尔的一路上，房屋后面
都是一座座小花园。戴着蓝色鸭舌帽的男人躺在小花
园的椅子上晒太阳。

回来的时候我已经精疲力竭（在格勒诺布尔见了很多人，我成了扮演自己的演员，要装成一个热情洋溢、解释自己文本的作家），回来后邮箱里仍然没有S.的任何消息，以后也不会有了，同样没有小B.的消息，已经了结的事情。

4月9日，周一

自11月6日（我最后一次见S.）以来，这是第一次，我醒来时体会到了一种难以言喻的幸福。即便这种没有来由的幸福感还是让我感到了失望，但也只是稍稍有点失望而已。自己应该写什么，我必须有所决定，不再犹豫。

对我来说，想要写点危险的东西，就像是地窖的门开了，必须走进去，不惜一切代价。

译者注

1. Tbilissi，今格鲁吉亚的首都。

2. 即圣彼得堡，1924 年列宁去世后，为纪念列宁，更名为列宁格勒，1991 年俄罗斯联邦最高苏维埃颁布法令，宣布恢复"圣彼得堡"的旧名。

3. Zagorsk，指谢尔盖耶夫镇（Sergiyev Posad），1930 年改名为扎戈尔斯克（Zagorsk），1991 年恢复原名。谢尔盖耶夫镇是俄罗斯的东正教中心，位于俄罗斯莫斯科州东北部，莫斯科东北偏北 71 公里，著名的金环古城之一。

4. Une femme，首版于 1987 年，是作者的代表作之一。

5. Cergy，法国城镇，地处法兰西岛大区的瓦勒德瓦兹省，作者居住于此。

6. André Breton（1896—1966），法国作家、诗人，超现实主义代表人物之一。

7. Mallarmé（1842—1898）法国象征派诗人，19 世纪 80 年代之后经常在自己位于罗马街的寓所里开办沙龙，接待包括普鲁斯特、魏尔伦、兰波、纪德等在内的著名作家、文化人，该沙龙成为法国文化界有名的沙龙，被称为"马拉美的星期二"。

8. Sées，法国市镇，位于诺曼底地区奥恩省。

9. Annercy，法国市镇，位于奥弗涅-罗讷-阿尔卑斯大区的上萨瓦省。

10. 1984 年，安妮·埃尔诺凭借《一个男人的位置》荣获当年的雷诺多文学奖。

11. Valentin Grigorievich Raspoutine（1937—2015），俄罗斯著名作家。

12. Astafiev（1924—2001），俄罗斯著名作家。

13. Varta，电池企业，1904 年始创于德国。

14. Rhône-Poulenc，化工制药企业集团，1928 年始创于法国。

15. Andreï Dmitrievitch Sakharov（1921—1989），苏联氢弹之父，主张废除核武器，1975 年获诺贝尔和平奖。

16. Tatiana Tolstaïa（1951—　），俄罗斯女作家。

17. Nathalie Sarraute（1900—1999），法国女作家，新小说代表人物之一。

18. Hekábê，英文为 Hecuba，希腊神话里的人物，特洛伊王后。

19. Charles Aznavour（1924—2018），法国歌手、作家和演员，父母均是亚美尼亚人。

20. Vernon，法国市镇，此处应为厄尔省的弗农。

21. 电影《容基耶尔夫人》里的女主人公，讲述她遭受欺骗后，在一个年轻女人（容基耶尔夫人）的帮助下报复渣男的故事。

22.《宿命论者雅克和他的主人》，法国启蒙思想家狄德罗的小说，讲述的是主仆二人边游历边讲述自己的所见所闻，其中也有高贵的女子遭受欺骗，随后设计报复渣男的故事。

23. Dupont，法国的奢侈品品牌。

24. Dario Moreno（1921—1968），土耳其多语言歌手，在法国也广受欢迎。

25. Claude Nougaro（1929—2004），法国作曲家、作家、诗人，其父亦为歌手。

26. *L'événement du jeudi*，法国刊物。

27. Philippe Sollers（1936—2023），法国作家、批评家。

28. Héctor Bianciotti（1930—2012），出生于阿根廷，后生活在法国，演员、作家。

29. Boisgibault，位于法国涅夫勒省。

30. Jean-Francois Millet（1814—1875），法国画家。

31. Verdurin，法国作家普鲁斯特《追忆似水年华》中的人物。

32. 俄语，意为"什么时候"。

33. César et Rosalie，是由克劳德·苏泰（Claude Sautet）执导的现代爱情片，于1972年10月在法国上映。

34. Jacques Brel（1929—1978），比利时歌唱家、作曲家、演员。

35. 意大利语，意为"很久很久以前"。

36. Soljenitsyne（1918—2008），苏联作家，1970年诺贝尔文学奖获得者。

37. Sainte-Maxime，法国普罗旺斯-阿尔卑斯-蓝色海岸大区瓦尔省的一个市镇。

38. 俄语，妻子的意思。

39. Malmö，瑞典港口。

40. Hoffmann（1776—1822），德国浪漫主义作家、作曲家。著有《公猫摩尔的人生观》《咬核桃小人和老鼠国王》等。

41. Bohumil Hrabal（1914—1997），捷克作家。

42. Cracovie，波兰城市，是波兰王朝的旧都。

43. Kazimierz，克拉科夫十个行政区中的一个。

44. Jersey，现为英国皇家属地，位于诺曼底半岛外海 20 公里处，是英吉利海峡靠近法国海岸线的海峡群岛里，面积与人口数都最大的一座。

45. 此处可能指的是意大利诗人切萨雷·帕韦泽（Cesare Pavese，1908—1950），他著有《欢庆之夜》。

46. 司汤达小说《红与黑》里的主人公。

47. Reims，旧时作 Rhims，法国市镇，地处马恩省。

48. Trop belle pour toi，法国导演贝特朗·布里叶（Bertrand Blier）执导，若西安·巴拉斯科（Josiane Balasko）、热拉尔·德帕迪约（Gérard Depardieu）等主演，1989 年上映的一部电影。

49. Le Loiret，法国省名。

50. Johnny Hallyday，法国摇滚明星。

51. Apostrophes，法国资深文学记者贝尔纳·皮沃（Bernard Pivot）在法国电视二台创立的文化类节目。

52. Spasfon-Lyoc，法国的一种处方药，解痉类药物，主要用于抑制痉挛性疼痛。

53. Dalida（1933—1987），原名 Yolanda Gigliotti，出生于埃及的法国女歌手、演员。

54. 保罗·尼赞（Paul Nizan，1905—1940），法国哲学家、作家。

55. The Platters，也称五黑宝乐队，是美国 1950 年代最顶尖的美声团体之一，亦是当时最受欢迎的黑人合唱团体。

由东尼·威廉斯、大卫·林奇、赫伯·瑞德、保罗·罗宾与罗拉·泰勒组成。

56. 俄语"工作"的罗马字母注音。

57. Bourvil（1917—1970），法国演员、歌手。

58. Sandro Botticelli（1445—1510），原名亚里山德罗·菲力佩皮（Alessandro Filipepi），意大利文艺复兴时期佛罗伦萨画派的重要代表人物，《春》是他的代表作之一。

59. San Lorenzo，美第奇家族的礼拜堂，由三个时代、建筑样式都不同的空间（布鲁涅内斯基建造的旧圣器室、米开朗琪罗建造的新圣器室、17世纪的君主礼拜堂）构成。波提切利的《春》就在该教堂里。

60. L'abbaye Badia，佛罗伦萨的一座罗马天主教教堂和修道院，幼年但丁就成长于附近。

61. Le musée Bargello，佛罗伦萨继乌菲兹美术馆的第二大博物馆，收藏了许多艺术作品和意大利文艺复兴时期最好的雕塑。

62. Cimabue（1240—1302），意大利连接中世纪和文艺复兴的伟大艺术家。

63. Giotto di Bondone（1266—1337），意大利画家、雕刻家与建筑师，被认为是意大利文艺复兴时期的开创者，被誉为"欧洲绘画之父"。

64. 佛罗伦萨圣母领报圣殿（Basilica della Santissima Annunziata），是意大利佛罗伦萨的一座罗马天主教次级圣殿，圣母忠仆会的总会，位于同名的圣母领报广场东北侧。

65. Fra Angelico（1387—1455），佛罗伦萨人，意大利文艺复兴早期画家。

66. 佛罗伦萨天主圣三大教堂（Basilica di Santa Trinita）是位于市中心的一座天主教堂，是 1092 年由一位佛罗伦萨贵族创建。附近是阿诺河上的天主圣三桥。现存的教堂为 1258—1280 年间所建。

67. Orsanmichele（或圣弥额尔菜园，源自意大利语托斯卡纳方言词汇的缩写）是意大利城市佛罗伦萨的一座教堂。

68. 博纳罗蒂之家博物馆（Casa Buonarroti）成立于 1612 年，是博纳罗蒂家族的一座私人博物馆，1984 年正式向公众开放。馆内主要收藏和展出米开朗琪罗的绘画、雕塑、素描作品，以及信件和家族档案等。

69. Santa Maria Novella，始建于 13 世纪，受到佛罗伦萨最重要的家族的慷慨捐助，收藏了一批无价的艺术珍宝，特别以哥特式和早期文艺复兴大师的壁画而著称。

70. Masaccio（原名托马索卡塞，1401—1428），意大利文艺复兴时期画家，他也是第一位使用透视法的画家。

71. San Spirito，意大利佛罗伦萨的主要教堂之一，其内部设计代表了文艺复兴建筑的主要风格。地处同名的广场。

72. Le Pitti 曾是佛罗伦萨美第奇家族的府邸。建于 1487 年，16 世纪扩建。二楼是王室住宅和帕拉蒂娜画廊（Galleria Palatina），三楼是现代艺术馆。

73. Les jardins Boboli，古代罗马园艺花园。在 14 世纪初期是佛罗伦萨美第奇家族的私家庭院。

74. Liérac，法国一种医用日化的品牌，主打去妊娠纹的系列产品，其护肤品孕妇都可以使用。

75. 佛罗伦萨诸圣教堂（Ognissanti），一座方济各会教堂，完成于 1250 年代，但在大约 1627 年按照巴洛克风格设计重建。

76. 马里尼博物馆（Musée Marino Marini），建筑前身是圣庞加爵教堂，最早为查理曼大帝时期所建。马里诺·马里尼（Marino Marini，1901—1980）是一位世界级意大利著名雕塑家，该博物馆现在就致力于展览该艺术家的作品。

77. Serge Doubrovsky（1928—2017）法国小说家、文学批评理论家，最早提出了"自我虚构"（autofiction）的概念。

78. 圣卡尔米内大教堂（San Carmine），始建于 1268 年，是加尔默罗会修道院，在 1328 年和 1464 年曾经两度扩建，增建了神父楼和食堂。

79. 菲利皮诺·利皮（Filippino Lippi，1457—1504），意大利文艺复兴初期画家，为了与其父菲利普·利皮区分，通常被称作菲利皮诺·利皮。

80. 斯特罗齐宫（Palazzo Strozzi）是佛罗伦萨的一座规模庞大的宫殿，始建于 1489 年，主人是银行家老菲利浦·斯特罗齐，美第奇家族的竞争对手。

81. 原文为意大利语 sola。

82. Grossman（1905—1964），苏联作家，生于乌克兰。著有战争题材的中篇小说《人民是不朽的》，长篇小说《为了正义的事业》。1961 年写成长篇小说《生活与命运》，至 1988 年才得以在苏联国内出版。

83. Musée Bardini，始建于十四世纪，后被艺术家斯蒂芬诺·巴迪尼（Stefeno Bardini）买下，博物馆展出的艺术品均为主人的收藏。

84. San Miliato，为了纪念佛罗伦萨的第一个殉道者圣米尼亚托而建。

85. 原文为意大利语 non capito。

86. 美景堡（Forte di Belvedere）是位于佛罗伦萨的一座可用来观景的城堡，1590—1595 年期间由费迪南一世·德·美第奇修建，用来保护佛罗伦萨城和美第奇家族。

87. San Apolline，前本笃会修道院，始建于 1339 年，位于意大利佛罗伦萨市中心以北，其餐厅藏有由意大利文艺复兴时期艺术家安德烈·德·卡斯塔格诺（Andrea del Castagno）创作的壁画《最后的晚餐》。

88. 意为"我想要生活在童话故事中"。

89. Brême，德国城市。

90. Moulin de la Galette，位于蒙马特高地的一座风车磨坊。

91. 俄语"昨天"的罗马字母注音。

92. Jacques Dessange，法国美发护发品牌。

93. Christa Wolf（1929—2011），德国当代著名女作家。

94. Phèdre，法国 17 世纪古典主义剧作家拉辛的剧作。

95.《蓝狗》是一本青少年漫画读物，漫画作者是娜佳，1989 年由"休闲学校"出版社出版，获得当年的"青少年读物书展奖"。

96. 1989 年，美苏两国首脑布什与戈尔巴乔夫在马耳他峰会进行会晤，达成共识，宣布冷战结束。

97. Dieppe，法国北部港口城市。

98. *Je bouquine*，法国青少年文学杂志，创刊于 1984 年。

99. Vanves，法国上塞纳省的一座小镇。

100. 这里指的是用来占卜的马赛塔罗牌中的第十六张上的

提示。

101. Pouilly-sur-Loire，法国城镇，位于涅夫勒省。

102. Lillebonne，法国的一个市镇，位于塞纳滨海省。

103. Padoue，意大利城市。

104. 博尔赫斯，《回忆四十年前柏林童年本雅明》。

105. Henri Chapier（1931—2019），法国记者、电影评论家、导演、电视节目主持人。1987年在法国电视三台创办了名为《长沙发》的访谈类电视节目。

106. 此处应该是指贝尔纳-亨利·列维（Bernard-Henri Lévy），出生于阿尔及利亚的法国作家、哲学家、电影导演，著有《萨特的世纪》等。

107. 1980年出品的一部德国（当时还是西德）电影，贺玛·桑德斯-勃拉姆斯（Helma Sanders-Brahms）执导。

108. Bertolt Brecht（1898—1956），德国剧作家、戏剧理论家、诗人。

109. Saint-Satur，法国城镇，位于谢尔省。

110. Pavel Nikolaïevitch Filonov（1883—1941），俄罗斯现代先锋派画家。

111. Alexandre Alexandrovitch Zinoviev（1922—2006），苏联作家。

112. Les Mandarins，西蒙娜·德·波伏瓦的小说作品，1954年出版，获龚古尔文学奖，小说的女主人公叫安娜。

113. Bezons，法国的一个市镇，位于瓦兹河谷省。

图书在版编目(CIP)数据

迷失 / (法)安妮·埃尔诺(Annie Ernaux)著；
袁筱一译. -- 上海 : 上海人民出版社, 2024. -- ISBN
978-7-208-19055-9

Ⅰ. I565.45

中国国家版本馆 CIP 数据核字第 2024VU8222 号

责任编辑　赵　伟
封扉设计　e2 works

封面画作来自朱鑫意的"2020"系列作品

迷失

［法]安妮·埃尔诺　著
袁筱一　译

出　　版　**上海人民出版社**
　　　　　　(201101　上海市闵行区号景路 159 弄 C 座)
发　　行　上海人民出版社发行中心
印　　刷　苏州工业园区美柯乐制版印务有限责任公司
开　　本　787×1092　1/32
印　　张　12.5
插　　页　6
字　　数　151,000
版　　次　2024 年 9 月第 1 版
印　　次　2024 年 9 月第 1 次印刷
ISBN 978 - 7 - 208 - 19055 - 9/I · 2165
定　　价　58.00 元

2022 年诺贝尔文学奖"安妮·埃尔诺作品集"

已出版

《一个男人的位置》

《一个女人的故事》

《一个女孩的记忆》

《年轻男人》

《占据》

《羞耻》

《简单的激情》

《写作是一把刀》

《相片之用》

《外面的生活》

《如他们所说的，或什么都不是》

《我走不出我的黑夜》

《看那些灯光，亲爱的》

《空衣橱》

《事件》

《迷失》

《外部日记》

《真正的归宿》

《被冻住的女人》

《一场对谈》